殿下が一目惚れした令嬢の正体はあなたの護衛騎士です!
立場：新米の女騎士
エルダ・ラゴシュ
年齢：17歳
身長：155cm
色気ゼロで普段は少年のような恰好。
王女の護衛のため令嬢の姿に扮して
みたら予想以上に美少女で……!?
立場：カロニア王国の第二王子
ダリウス
年齢：18歳
身長：188cm
女性嫌いでずっと舞踏会を避けてい
たが、偶然出会った令嬢に一目惚れ。

JN091526

立場：近衛隊長
エイジャクス
年齢：25歳　身長：192cm
レジーナ王女に一生ついていくと決意し、近衛隊に入る。
エルダとダリウスの恋愛騒動の被害者!?
立場：カロニア王国の第二王女
レジーナ
年齢：20歳　身長：160cm
隣国の王子との政略結婚が幼い頃より決められている。
エルダとダリウスの恋を応援。

殿下が一目惚れした令嬢の正体は
あなたの護衛騎士です！
玉川玉子
Illustration Tsubasa.v

contents

# プロローグ　三匹のクマ

「お前たちにお土産《みやげ》だ」

地方の視察から戻った国王は幼い三人の子供たちにクマのぬいぐるみを差し出した。

林業が盛んな山間部を視察した際に、現地の玩具工房から「ぜひ王子殿下と王女殿下に」とプレゼントされたのだ。

国王には三人の子供がいる。一番上はバシリウス王太子。二番目はレジーナ王女。そして三番目が末っ子のダリウス王子だ。

ぬいぐるみのクマはお姫様風のドレスを着たものが一つと騎士の衣装をつけたものが二つあった。王女が一人と王子が二人いるため、配慮してくれたのだろう。

三体のうちどれを誰がもらうか自分たちで決めなさい、と国王が言い終わるや否や、王太子のバシリウスが「僕、これがいいです！」と素早くドレスのクマを選んだ。

「お兄様、男の子のくせにドレスのクマを選ぶなんておかしいわ」

レジーナ王女が文句を言う。

「服なら取り替えてやるよ。でも本体は絶対にこれがいいんだ！」

バシリウスはいつも決断が早い。三体のクマは全て同じ型紙から作られているので、顔立ちは大差ないはずなのだが、バシリウスの目にはそうは映らなかったらしい。

「お兄様大きな声を出さないで。クマちゃんが怖がるわ。よしよし大丈夫よ」

レジーナ王女はクマの服装や顔立ちにはこだわりはないが、とにかくお世話がしたくてうずうずしていた。

レジーナの憧れの職業は乳母《うば》である。小さい子供を抱っこしたりご飯を食べさせてあげたりするのが夢なのだ。王女に生まれたため、彼女が乳母になることは叶《かな》わないのだけれど。騎士の服を着たクマのぬいぐるみを抱っこしながら、母性愛を炸裂《さくれつ》させる。

「泣かないで。いい子ね。よしよし」

末っ子のダリウス王子はクマのぬいぐるみを抱きしめうっとりしていた。

「可愛《かわい》い。クマたん。僕の。クマたんしゅきしゅき～」

騎士のクマのぬいぐるみを抱っこして頰擦りしながらふわふわの感触を堪能する。

「クマたん僕のお嫁しゃんなんだ～」

そう言いながらぬいぐるみにキスをする弟にレジーナが指摘する。

「そのクマ、騎士の格好してるから男の子よ。お嫁さんにはなれないわ」

するとダリウスはベソをかきながらこう言った。

――このクマちゃんは騎士の格好でも可愛いから僕のお嫁さんなの！　……と。

# 第一章 令嬢デビュー

（な、な、何が起こってるの――）


予想外の出来事にエルダの頭はパニック状態だった。

その日、カロニア王国の王宮では夜会が催されていた。国王の命令で夜会に出席し、一仕事終えて中庭の噴水のところでくつろいでいたら、とんでもないことが起きたのである。

王宮の中庭を淡く照らすランタンと煌《きら》めく噴水の水しぶき。

そんなムードたっぷりの場所で、エルダはなぜか初対面の男性に手を握られている。

出会って数秒でいきなり手を握ってきたこの男性は、カロニア王国第二王子のダリウス殿下。

夜目にも眩《まぶ》しい白金の髪にすっと通った鼻梁《びりょう》。少し幼さの残る優しげな顔立ち。男らしく程よく締まった体躯《たいく》。ダリウスは女の子が思い描く理想の王子様そのものだ。

王子は南国の海のような温かみのあるブルーグリーンの瞳を輝かせ、うっとりとした表情でエルダを見つめた。こんな見目麗しい王子にそのような視線を向けられたら、普通の令嬢であれば間違いなく瞬時に恋に落ちたことであろう。……普通の令嬢であれば。

「君の名前を教えて？」

「い、いえ名乗るほどの者では……」

ダリウス王子は手を伸ばして、植え込みの薔薇を一輪ポキリと手折ると、それをエルダに差し出す。

「僕は君に一目惚《ぼ》れしてしまったようだ……」

（ひぃぃ！　私のこと貴族の令嬢だと思ってるよね、絶対……）

エルダの本業は騎士なのである。

平民出身の近衛《このえ》騎士であり、貴族の令嬢などではない。この日はたまたま任務で令嬢に扮《ふん》していただけ。

エルダは慌ててダリウス王子の手を振りほどくと、着慣れないドレスの裾を摑《つか》み裸足のまま走り去ったのであった。騎士ならではの後足で。

✦

時は六時間ほど遡る。

女騎士エルダは、その日もお茶会で男役をやらされていた。ごっこ遊びの男性役を。

お茶会の主催者はレジーナ王女。エルダはレジーナ王女の護衛騎士だ。

王宮の中庭にセッティングされたテーブルには色とりどりのスイーツが並ぶ。パステルカラーのマカロンや三層になっているベリーのムースなど、女子会に相応《ふさわ》しい可愛い色合いのお菓子たち。ティーカップはレジーナ王女専用のミモザ柄の磁器だ。スイーツの間に添えられたフラワーアレンジメントも可愛くて、ピンクのガーベラとスイートピーを中心に、清楚《せいそ》で可憐《かれん》な感じにまとめられている。

素敵な会場に集うのはスイーツに負けないくらい華やかなドレスを纏《まと》った令嬢たち。皆、レジーナ王女と仲良しの、家柄の良い令嬢だ。

そんな中で、女騎士相手にお芝居ごっこが繰り広げられていた。

乙女《おとめ》の妄想二〇〇パーセントの疑似恋愛。知らない人に見られたら恥ずかしさで死ねるくらいの、仲間内での遊びだ。

「エルダ、次は私の番ね！　『この命をかけてあなたを守ります』って言いながらお姫様抱っこしてちょうだい。騎士様っぽく」

「いいっすよ～」

エルダはカップケーキを丸ごと口に放り込んで立ち上がった。

エルダ・ラゴシュは半年前に騎士団の入団試験をパスして、田舎から出てきたばかりの、新米女性騎士である。近衛に配属となり、日中は主にレジーナ王女の護衛を担当している。

ボサボサの真紅の長い髪を無造作に縄で括《くく》ったその姿は、少年にしか見えない。

エルダには兄が三人いるのだが、三人とも騎士であり、エルダも物心ついた時から剣を握っていた。着るものはいつも兄のお下がりのズボンで、女の子らしい格好などしたことがない。エルダは女の子としての自覚はゼロだった。

「姫！　この命をかけてあなたを守ります！　……どっこらしょ」

エルダはレジーナ王女をお姫様抱っこした。小柄なエルダだが、騎士として鍛えているのでこれくらい朝飯前だ。

「きゃー‼」

令嬢たちから黄色い歓声があがる。

「はい！　次は私の番よ！　『君なくして、この王座になんの意味があろう』って言いながら顎をクイってして。王子様っぽくね」

公爵令嬢のラナがリクエストする。ラナは王太子の婚約者だ。

「かしこまりました」

超名門の令嬢である彼女たちは親によって、異性との交流を厳しく制限されていた。恋人はおろか、異性の友人を作ることもご法度だ。政略結婚の大切な駒として、結婚まで絶対に純潔を守らなければならないのである。

それでも年頃の女の子だから恋愛に興味はある。下位の貴族や商人の娘たちは自由に恋愛を楽しんでいるというのに。自分たちも素敵な男性にロマンティックなセリフを囁《ささや》かれてみたい――。

誰かがふと、護衛のエルダを相手に恋愛のシチュエーションごっこをすることを思いついた。少年のようなエルダはまさにこの役に打ってつけ。間違いなど起こりようがないので親たちも安心だ。

皆この遊びにハマりにハマった。だって彼女たちには青春がないのだから、疑似恋愛で我慢するしかない。

こうして、女騎士エルダは令嬢たちのアイドル的な存在となったのである。


『悪党め！　姫から手を離せ！』

エルダは木から飛び降りると、くるっとでんぐり返しをし、剣を抜いてポーズをとった。

「きゃー」

「エルダ最高よ！　カッコ可愛い」

「お菓子も食べなさい。これ美味《おい》しくてよ」

「エルダ～こっちのムースも食べていいわよ」

令嬢たちは大喜び。エルダも美味しいお菓子をもらえて満足だ。ガツガツ食べれば、食べ方が男らしいと喜ばれる。

(騎士の任務がこんなにぬるくていいのだろうか)

エルダは昔気質《かたぎ》の騎士である。それは彼女の実家がガチガチの軍人一家だからだ。命を懸けて主君に仕えることこそが騎士の誉れである、と幼い頃から聞かされて育った。

エルダが生まれ育った地方は盗賊や流民が多く、非常に治安が悪い。駐屯している騎士たちは日々身体《からだ》を張ってならず者たちと対峙《たいじ》している。古き良き時代の騎士道精神がまだ健在であり、その私生活はストイックだ。

一方、都会の騎士は派手でチャラい。エルダのような古臭い考えの騎士はもはや天然記念物だった。特に王宮の近衛は貴族の子弟も多く、お洒落《しゃれ》でカッコいい職業としてもてはやされている。給料もいいことから、女性にもモテモテで、騎士たちは非番の時は街に出て適当に息抜きしているようだった。

（だいたい、騎士服が汚れやすい真っ白っていうのがね……まるで舞台衣装だよね）

ちなみに戦闘部隊の騎士は実用性重視の黒い騎士服である。

騎士になってから半年経《た》つが、エルダが腰に下げた剣を抜いたことは一度もない。ただの飾りも同然だ。

「まあエルダ！　またカップケーキを紙ごと食べたのね」

カップケーキについていた紙を剝《む》くのが面倒くさくてそのまま食べていたら、レジーナ王女に見つかってしまったようだ。

人の世話を焼くのが好きな王女はせっせとエルダのカップケーキの紙を剝いてくれた。

「エルダは手が汚れているから、私が食べさせてあげる。はい、あーん」

エルダはこの面倒見のいい優しい王女が大好きだ。カップケーキを咀嚼《そしゃく》しながら心の中で忠誠を誓う。勝手に一生仕えると決めているのだ。

続いてマカロンに手を伸ばそうとしたら、侍女が小走りでやってきた。どうしたのだろう。

「レジーナ様、陛下がお呼びです。騎士の方と一緒にお越し下さい」

エルダとレジーナ王女がお茶会を後にして国王のところに行くと、何やら深刻な顔をして話し合っていた。国王夫妻の傍らには王太子とエルダの上官である近衛隊長のエイジャクスまでいるではないか。

「実は差出人不明の手紙が届いてな」

国王が手に持っていた便箋をレジーナ王女に渡した。そこにはわざと筆跡を誤魔化すような文字で──

『カロニアの王女とネバンドリアの王太子との婚約を解消せよ。さもなくば王女の身に危険が及ぶであろう』

と書いてあった。

カロニア王国の王女レジーナは幼い頃より、隣国の王太子に嫁ぐことが決められていた。そしてお輿《こし》入れが三か月後に迫っている今、突然こんな手紙が来たのである。

「こ、これは？　脅迫状なのですか」

「詳しいことはまだ何もわからない……」

国王が眉間に皺《しわ》を寄せる。近衛隊長のエイジャクスも厳しい表情だ。

「そこで……だ。今晩王宮で夜会が催される予定なのだが」

国王がチラリとエルダに目をやった。

「お前に令嬢に扮してもらい、会の間ずっと至近距離でレジーナの警護をしてほしい」

「え？」

「急なことなので、出席者の身元確認が間に合わないのです」

王妃が説明する。王宮での夜会に参加できるのは、招待状を受け取った家の者だけ。しかし、その同伴者は誰でもいいのである。平民の愛人や高級娼婦《しょうふ》を伴って参加する人もいる。同伴者の身元についてはノーチェックなため、不審者が紛れ込むことも可能なのだ。

夜会の会場となる大広間にも警備の騎士はいる。ただ、邪魔にならないよう広間の四隅に控えるのが通例だ。招待客のように広間の中央をうろつくことは許されない。

「近衛の中にも伯爵位以上の家の者が数名おります。事情を説明し一般客に扮して警護に当たらせましょう」

近衛隊長のエイジャクスがテキパキと警護計画を国王に説明する。

だったら自分は必要ないのではないだろうか？　エルダよりも男性騎士のほうが腕も立つ。

その考えを読むようにレジーナ王女がにっこり微笑《ほほえ》んで言った。

「夜会の間中ずっと衛兵が張りついているのも物々しいでしょう？」

だから女性騎士が近くにいてくれると心強いのよ……と。

エルダは近衛になって以来、初めての任務らしい任務に胸が高鳴った。爵位もなく、剣の腕も劣るエルダが近衛として採用されたのはこういう時のため。女性騎士は女性王族を至近距離で守るのに役立つのだ。浴室や寝所など、男性騎士が入れない場所での警護もできる。また、いざという時には姫君の替え玉になったり、侍女に扮して潜入したりと何かと重宝するのだ。

「この任務、謹んでお受けいたします」

エルダは騎士の礼で国王に跪《ひざまず》き、王女に向かって胸を張った。

「ご安心下さい！　レジーナ様に害をなす者は私がこの剣で……」

「何を言ってるのエルダ。帯剣は無理よ」

「はい？」

「だってあなたドレスを着て令嬢のフリをするのよ」

「え」

万が一の時にはレジーナ王女を守る盾となり、速やかに助けを呼ぶこと……それがエルダの役割だと告げられる。

「ドレスを着ると帯剣できないので？」

エルダはドレスというものを着たことがなかった。なんならスカートタイプの服も寝巻き以外では着たことがなかった。子供の頃から洋服は兄のお下がりばかりだったからだ。

「ど、どうしよう！　そういえば自分はドレスなんて持って……あっ、カーテンを腰に巻けばなんとかなるかも？」

「ふふ。ドレスは私のほうでなんとかするから、開会二時間前に私の部屋に来てちょうだい」

「二時間も前にですか？　着替えなんて二分もあれば十分じゃないですか？」

かくして女騎士エルダの『令嬢デビュー』が決まったのであった。


そして夕刻――エルダは約束どおり、夜会の二時間前にレジーナ王女の部屋を訪れた。

「いらっしゃいエルダ。今日はよろしくね」

レジーナ王女はにっこり微笑むと、横にいた侍女に目配せをする。

「はい、こちらこそ……って、え？」

侍女たちに両腕をガシッと摑まれ、エルダはすぐさまお風呂に連行された。

「騎士様、時間がないので少々荒っぽいのはお許し下さいませ」

「え？」

「まあ、こんなに泥だらけで。傷までたくさん！」

「うわあぁぁぁ」

浴室にエルダの色気のない絶叫が響き渡る。侍女四人がかりで剝かれて、磨かれて、着させられて、塗りたくられて、ようやく時間ギリギリにエルダの支度が整った。

……………が。

「「…………うそ！」」

目の前に現れた信じられないほどの美少女に、レジーナ王女とその侍女たちは絶句した。

キュッと小さな顔に小ぶりな鼻。小さいけどぽってりした唇。菫《すみれ》色の瞳に長い睫《まつ》毛《げ》が影を落としている。細いウエストと対照的な豊かな胸の膨らみ。いつも長袖の騎士服に覆われている白い肌は真珠のような艶を放っていた。

髪は特徴のある赤い色を隠すために金髪のウィッグをつける。少し少女趣味すぎるフリフリのピンクのドレスに少しも負けていない可愛らしさ。まさに天使だった。

「こ、これは想定外だったわ」

「カエルが王子に変わる以上の衝撃ですね」

「お、重いです～」エルダは涙目だ。

「エルダあなた胸にサラシを巻いていたの？」

「はい、ナイフを投げたりする時胸が揺れると正確に投げられないので」

サラシは単に動きやすさのためであり、別に男装しているわけではない。

「サラシよりこのコルセットのほうが一〇〇万倍苦しいです。これでは何も食べられない……」

「……あなたまさか、夜会で食べるつもりだったの」

「し、しかもこの靴!!　くうっ……棒っきれの上でバランスを取るような不安定さっ……」

エルダは運動神経には自信があったものの、ハイヒールは予想外に手強《てごわ》かった。生まれたての小鹿のように足がグラグラする。

「入場の際のエスコートなのだけれど……」

レジーナ王女が残念そうに切り出す。

「あなたのエスコートはダリウスに頼もうと思っていたのに、あの子ったら夜会が大嫌いで逃げてしまったの」

ダリウス王子はレジーナ王女の弟で三人兄弟の末っ子。優しく穏やかな人柄で、甘いマスクの見目麗しい王子だ。

「お気遣いなく。一人で適当に入場しますので。入ったらすぐレジーナ様のおそばに参りますね」

ドレスアップに気を取られすぎて本来の目的を忘れるところだった。紛れ込んでいるかもしれない不審者からレジーナ王女をお守りできるのは自分しかいない、とエルダは気持ちを引き締める。

そんなわけで、慣れないハイヒールでヨタヨタしながら、エルダは生まれて初めての夜会の会場へ乗り込んだのであった——。

近衛騎士のカークとアランは夜会の会場を目指して王宮の廊下を歩いていた。

「なんだよ、お前も私服じゃなくて騎士服で来たのか」

「当ったり前だろ。騎士服のほうがモテるし」

普段の騎士服ではなく、式典用のちょっぴり装飾が多い騎士服である。コートも手袋もブーツも白だ。パーティーに出る時は女性ウケが良いこの格好で行く近衛が多い。

カークとアランの実家は伯爵位の貴族だ。王宮で催される夜会への参加資格があり、ちゃんと招待状も受け取っている。この日の二人の任務は一般客として夜会に参加しつつ、レジーナ王女に近づく不審者がいないかをチェックすることだった。

「そういえばさ、エルダの奴《やつ》も今晩任務で夜会に参加するんだってよ」

「ん？　招待客に扮して出席するのは貴族の家柄の近衛だけじゃなかったか？　エルダの家は貴族じゃなかっただろ」

「令嬢のふりをするんだとさ。ドレスを着るのは女性でないと無理だから特別に参加が許されるらしい」

「エルダが令嬢？　マジかよー。ぎゃははは」

「俺が女装したほうがマシじゃね？　ウケるわ」

女遊びが激しいモテモテのカークとアランだが、同僚のエルダは完全に対象外だった。女性であることは事実としては知っているものの、ただの田舎小僧くらいにしか思っていなかったのである。

「あいつのドレス姿なんて違和感しかないわー」

軽口を叩《たた》きながら前を見ると、一人の女性が壁に手をつきながらヨロヨロと歩いているではないか。その足取りがあまりにおぼつかないので、二人は顔を見合わせた。

具合でも悪いのだろうか？　清廉で崇高な騎士としては、か弱いご婦人に手を差し伸べないわけにはいかない。騎士道精神に則《のっと》って声をかけてみた。

「失礼ですが、御令嬢……大丈夫ですか。どこか具合でも悪いのでは？」

額に汗を浮かべ、令嬢が振り向く。

「「…………!!」」

カークとアランは思わず目を瞠《みは》る。

（か、か、可愛いっ……！）

なんとも儚《はかな》げで可憐な、守ってあげたくなるような美少女ではないか。二人は口を開けたままその令嬢に見惚《みと》れていた。

令嬢は彼らを見ると、にっこり笑った。

「よお、カーク、アラン」

「ん？」

「聞き間違いかな？　今『よお』って言った？」

「何言ってんだよ二人とも。ちょうど良かった、手を貸してくれ。ハイヒールに手こずっていたんだ」

「ん？」

「んん？」

そこで二人はようやく目の前の天使が同僚のエルダだと気づき驚愕《きょうがく》した。

「嘘《うそ》だろ」

「信じられん」

エルダはドレスの裾を摘《つま》んで肩をすくめた。

「ははは。女装の男みたいだろ？　私も恥ずかしいよ」

女装だなんてとんでもない。想像を絶する可愛らしさだ……とカークとアランは思ったのだが、衝撃のあまり言葉を発することができなかった。

カークとアランに支えられながら会場入りすると、エルダはさっさとレジーナ王女のところに行ってしまった。

王女の横に立つ見慣れない美少女に会場がざわめくも、本人は気の立った猫のように敵意丸出しで周りを威嚇し、声をかける隙を与えない。

「エルダったら不自然すぎよ」

レジーナが呆《あき》れて耳打ちする。

カークとアランは会場の不審人物に目を光らせながらも、ついエルダを目で追ってしまう自分に苦笑した。令嬢にしては力強すぎる所作も気にならないほど愛らしい容姿の同僚にどうして今まで気づかずにいられたのか。

「参ったな……惚れたかも」

「俺も。あれは反則だ」

夜会の会場には彼ら二人以外にも近衛の同僚たちがいるはずだが、カークとアランはあの美しい令嬢の正体がエルダであることは教えないことに決めた。ライバルは少ないほどいいから。

✦

エルダが大広間でレジーナ王女の護衛をしていた頃、庭園の茂みの陰で息を潜める人物がいた。第二王子のダリウスである。

王家の三人の子供のうち、王太子である長男は幼い頃から立派な王になるため、厳しく育てられ、長女のレジーナ王女も隣国との架け橋となるべく育てられた。

一方、末っ子であるダリウスの存在は一家にとっての「癒し」。国王夫妻も、第二王子に対しては元気ですくすく育ってくれさえすれば良い、と甘くなりがちだった。

幼い頃のダリウスはそれはそれは愛らしい子供だったので、みんなで惜しみなく愛情を注いだ結果、とっても素直で優しい子に育ったのだが、善良で人を疑うことを知らないため、人に騙《だま》されやすいのが玉にキズといったところだろうか。

見目麗しく、性格も温厚で優良物件この上ない。兄である王太子には婚約者がいて売約済みなこともあり、物心ついた時からダリウスは貴族の令嬢とその親たちに狙われていた。

薬を盛って既成事実に持ち込もうとした令嬢も数知れず。誘拐未遂も数回。信じていた側近まで買収されたりと散々な目に遭っている。

心配した姉のレジーナが、いかに女性というものが嘘つきで、計算高い生き物かを話して聞かせた頃には、もう立派に女性恐怖症だった。

しかしそんな彼も一九歳。そろそろパートナーを迎えてほしいと考えた父によって、その日も無理やり夜会に引っ張り出されたダリウス王子は、可哀想に会場に足を踏み入れた瞬間、令嬢たちにロックオンされ、恐怖で身がすくんでしまった。その場で回れ右をして一目散に逃げ出し、庭の茂みに隠れていたというわけなのである。

客が少しずつ帰り始める気配を察し、ホッと安堵《あんど》の吐息をもらしたダリウスは立ち上がって伸びをしたが、こちらにやってくるピンクのドレスの令嬢に気づいて慌てて身を隠した。

その令嬢はヨロヨロと足を引きずるようにしてやってきた。もしかして具合でも悪いのだろうか？　善良なダリウスは心配になり、茂みの中に隠れたまま、手を差し伸べるべきか迷う。

「いたた……」

令嬢は顔を顰《しか》め周りを見渡し、誰もいないことを確認すると、驚くべきことに突然靴を脱ぎだしたのだ。

「はぁー生き返ったー！」

心底幸せそうな彼女の無邪気な表情に瞳を奪われる。

「よっこいしょっと」

およそ令嬢らしくない一声と共に、彼女はヒョイっと噴水のふちに飛び乗り、片方の足を降り注ぐ水しぶきに突っ込んだ。少しもぐらつくことなく、片足立ちで水と戯れる。

「気持ちいいー！　ふふ。マッサージ、マッサージ」

ドキン！　とダリウスの心臓が大きく音を立てた。

（…………………妖精？）

ランタンの灯《あか》りに反射した水しぶきがダイヤモンドのようにキラキラと少女を包む。クルクルと表情を変える、大きな紫水晶の瞳。小さなさくらんぼのような柔らかそうな唇。ダリウスの目は彼女に釘《くぎ》付けになった。胸がうるさいほど高鳴る。

（ああ……なんて可愛らしいんだろう）

無意識に……吸い寄せられるように近づいていく。

（目が離せない。ずっと見ていたい。触れてみたい…………）

楽しげに水遊びしていた令嬢は、ダリウスに気づくとぎくりと身体をこわばらせた。

「……僕は君に一目惚れしてしまったようだ……」

身体が、口が勝手に動く。気がつけば、いつの間にか手を握っていた。思わず漏れた自身の呟《つぶや》きでハッと我に返る。

（そっか。僕は一目惚れしたのか……）

顔が熱い。ドキドキして心臓が破裂しそうだ。

しかし次の瞬間、その可憐な令嬢はダリウスの手を振りほどき、裸足のまま猛スピード

で走り去ったのだった。

「速い……ウサギみたいだ……」

そう、可愛くて足の速いウサギそのもの……状況の整理が追いつかない頭でぼんやりと遠ざかっていくピンクのドレスを見つめる。

「捕まえたい……捕まえなくては！」

本能的にそう感じたダリウスは、令嬢が残した靴を片手に、熱に浮かされたように呟いた。

この様子をこっそり見ていた人物がいた。エルダの同僚、近衛騎士のカークとアランだ。彼らはエルダが一人になったのを見て、声をかけようと追ってきたところ、前述の場面に出くわしてしまったのである。

「嘘だろ、女性恐怖症のダリウス殿下が瞬殺されたぞ」

「おいどうするよ、なんかとんでもない展開になったけど」

「でも令嬢に扮するのなんてどうせ今回限りだろ」

「だな。殿下には気の毒だけど一目惚れの相手は幻ってことに」

楽観的な二人はそう言って笑い合ったのであった。

「僕は昨晩、運命の女性に出会いました」

翌朝、ダリウスの突然の告白に、国王一家の朝の食卓に激震が走った。

「「「！」」」

国王と王妃、そして王太子バシリウスとレジーナ王女の四人はフォークを持つ手を止めて固まる。そんな家族のことはお構いなしに、噴水での出会いをうっとりと語り始めたダリウス王子。

「ピンクのドレスの金髪の令嬢が……？」

「靴を脱いで噴水で遊んでいた……？」

「逃げ足めっちゃ速い……と」

途中から四人ともその令嬢がエルダであることに気づき、目配せし合う。

「一目惚れとはいっても、お前はその令嬢のことまだ何も知らないだろう」

「そうよ。貴族とは限らないのよ」

「変わった職業についているかもしれなくてよ」

「ははは。おもしれー。俺は応援するよダリウス」

ダリウスは顔を上気させ訴える。

「たとえ彼女が平民でも……いえ、罪人でもこの気持ちは変わりません！　僕は彼女と結婚しますっ！」

「落ち着きなさい、結論を出すのが早すぎるぞ」

「もっとよく相手を見極めてからにしてはどうかしら」

両親の説得も全く耳に入っていない様子の第二王子。つい半日前までは女性恐怖症だったくせに。

「では、彼女にプレゼントするため宝石商を呼んであるので、僕はこれで失礼します」

「恋人でもないのに、宝石をオーダーするのは重すぎるわ！」

「おい、ダリウス待つんだ！」

兄姉が止めるのも聞かず、ダリウスはウキウキした足取りで食堂を後にした。


「さて――予想外の事態になったわけだが」

国王ファミリーはダリウスがいなくなると早速、緊急家族会議を始めた。

「エルダという娘は第二王子の伴侶として相応しいと思うか、皆の意見を聞きたい」

「一介の軍人ではなく騎士なので身分的には許容範囲ですわ、名誉職ですから。それよりもあのダリウスに好きな女性が……！　感無量です」

王妃は可愛い末っ子の成長に涙ぐむ。

「セキュリティを考えると好都合なのではないでしょうか。寝所の中でもずっと護衛がいるようなものですし、自分の身を自分で守れる妃というのも色々と安心です」

さすがは王太子。冷静に具体的なメリットを挙げていく。

「さらに政治的にどこの派閥にも属していないところも今後のパワーバランスを考えると

好ましいと思います」

「エルダと普段から一緒に過ごしている私としても、強く推します！」

レジーナ王女は人柄を強調する。

「エルダは裏表のない良い子です。ダリウスを騙し利用するような貴族令嬢に、大切な弟はやれませんから！」

レジーナはダリウスを溺愛している。親以上に過保護なのだ。

「私が隣国に嫁ぐ前に、ダリウスの幸せをこの目で見届けたいのです！」

その言葉に皆シーンとなる。レジーナ王女の縁談は、愛のある結婚とは到底言えるものではないからだ。

自分は政略結婚だけど、せめて弟には好きな人と結ばれてほしいという王女の想《おも》いは痛いほどわかる。皆レジーナの願いを聞き入れてあげたいと思った。

「しかし……一番の問題は、エルダ嬢のほうにその気がなさそうなことだな」

「そこはダリウスに頑張ってもらいましょう。我々は二人が顔を合わせる機会を設けるということで」

「エルダが私の護衛だってこと、ダリウスに教えるべきかしら？」

「絶対にやめろ。普段の色気のない格好を見たら、百年の恋も冷めるさ」

「では普段は領地にいる田舎の貴族令嬢という設定でいきましょう」

こうしてエルダの正体は明かさず、みんなでダリウスの恋を後押しすることに決まった。

「さっきのダリウスを見て思い出したの」

王妃がふっと笑う。

「あなたたちが小さかった頃、お父様からぬいぐるみのクマを、お土産に頂いたことがあったでしょう？　あの時のダリウスとそっくりだったわ」

「あー」

バシリウスとレジーナも思い出した。

『クマちゃん、可愛い、好き』と呟きながら、抱きしめて頬擦りしていた小さなダリウスを。

「大丈夫かなぁ、あのエルダって子」

バシリウスが呟く。レジーナもあのクマの末路を思い出し、不安になる。

バシリウスのクマは未《いま》だに新品のような綺麗《きれい》さを保っている。レジーナのクマはほどほどにくたびれた。一方ダリウスのクマは――。

ダリウスの重すぎる愛を受け止め、寝ている時も起きている時も、外に出かける時も、旅行に行く時も、食事の時もお風呂の時も常にダリウスに連れ回された結果、汚れて擦り切れてボロボロになってしまった。

（どうかダリウスの好き好き攻撃にエルダがドン引きしませんように――）

レジーナは心の中で祈った。

翌朝、エルダが稽古のため演習場へ向かっていたら、国王の使いに呼び止められた。至急国王陛下の執務室へ来いとのこと。

（レジーナ様の脅迫状の件で何か進展があったのだろうか……）

駆けつけたエルダに、国王一家が告げたのは予想とは全く違う一言だった。

「ダリウスがお前を見初めたらしいのだが、どうだろう。第二王子の伴侶になる気はないか」

ちょっとそこにあるコップを取ってくれないか、くらいの軽い調子で国王が言う。

「は？」

エルダの脳裏に昨晩の噴水での出来事が蘇《よみがえ》った。

「え……と。お、お断りさせていただきたく存じま……す？」

「まあ、即答なのですね……」

ダリウスを不憫《ふびん》に思った王妃が肩を落とす。

「エルダ、そんなにすぐに答えを出さないで！　ダリウスはいい子よ。夫として悪くはないと思うわよ」

いきなり始まったレジーナ王女の熱のこもった説得にエルダはびっくり仰天した。たった数分の邂逅《かいこう》から、なぜここまで話が飛躍しているのか。

「な、何かの間違いでは？　昨晩は薄暗くてよく見えない場所で、ほんの一言二言交わしただけで……」

「ダリウス本人が明言している。君に一目惚れしたと」

「し、しかし私は騎士です。貴族の令嬢ではありません」

王族なのだ。惚れたハレたで結婚相手を選べるはずが――

「『ダリウスが好きになった相手なら誰であれ大歓迎です！』」

王妃とレジーナ王女が力強く言い切った。

「…………」

「いつまでも子供だと思っていたダリウスが……」

王妃が瞳を潤ませる。

「はにかみながらエルダのことを話すダリウスがとっても可愛いの！」

レジーナ王女も嬉《うれ》しそうだ。二人はダリウスを溺愛しているので無理もない。

（何これ……）

レジーナ王女と王妃がすっかりその気になっているとか……恐ろしすぎる。

「そもそもダリウス殿下がお気に召したのは騎士姿の私ではなく、存在しないニセ令嬢姿の私です」

「エルダさえ良ければ、どこかの貴族の養女になって本物の令嬢になることは可能よ」

冗談じゃない！　エルダはレジーナ王女のお輿入れに随行して隣国に行くつもりなのだ。

「じ、自分は騎士であることに誇りを持っています。結婚は考えておりません」

「結婚しても騎士を続けることは可能だよ」

バシリウス王太子がにっこり笑って言う。やめてほしい、断る理由を潰すのは。王族四人にじわりじわりと追い詰められ、エルダは青ざめる。

(王族の圧、半端ない……)

「お前の実家、ラゴシュ卿《きょう》にも近々正式に打診しようと思う」

国王の言葉にエルダはギョッとする。それは困る。

エルダの兄、ラゴシュ卿は領地を持つ騎士だ。両親を亡くしてからは親代わりだった兄は以前から妹の結婚を望んでおり、エルダの意向などお構いなしに縁談を押しつけてくるのだ。王家からの打診ならば二つ返事で承諾するに決まっている。

「お、お願いでございます！　私はダリウス殿下に対して一ミリも興味がありません。結婚したくないのです」

無礼なこととはわかっているが、全力で拒否する。

「一ミリも……ダリウス……可哀想に」

国王一家は悲しそうな顔になった。皆なんとかして、可愛い末っ子の初恋を成就させてやりたくて仕方がない。

「も、申し訳ございません。しかしダリウス殿下には私などよりも、よほど素晴らしいお相手が、いくらでもいらっしゃると思います！」

国王一家は何やら四人でヒソヒソと相談し始めた。エルダには聞こえないように。やがて王妃が嘘くさい微笑みを浮かべて、猫撫《な》で声で言った。

「お前の気持ちはよくわかりました。無理強いはしません。その代わり、ダリウスのお相手を見つける手助けをしてもらえるかしら？」

「はい！　もちろんです」

エルダはホッとする。王妃が一瞬、唇の端をかすかに上げたことには気づかずに。

「あの子は夜会や舞踏会やお茶会など、あらゆる出会いの場から逃げてばかりなの」

「はあ、そうなんですか」

「どんなに素晴らしい令嬢がいようとも、あの子が夜会に出ないことには始まらないの」

「そうなんですね」

「でもあなたがいると知ったら、ダリウスはきっと来るわ」

ん？

「だから――」

王妃がエルダを真っ直《す》ぐ見据える。

「あの子を社交の場に誘《おび》き出す『エサ』になってちょうだい」

はい？

「そ、それはつまり……」

「昨晩のような格好で、夜会に参加するだけの簡単な任務だ」

「ほら、私の護衛も兼ねて、ね？」

王族四人がかりの説得攻撃。

「別にダリウスの恋人になれと言ってるわけではないのよ……もちろん、なってくれてもいいけど」

「夜会の料理は美味しいぞ」

「他の貴族に対する気遣いは無用。楽～に過ごしてくれればいい」

「私を狙う不審者がいないとも限らないし」

エルダはとうとう観念した。結婚しなくてもいいならば……まあいいか。ただの任務と割り切ろう。

かくしてエルダは第二王子の伴侶探しに協力することとなった。期限はダリウスに恋人ができるまで。

「言っておくが、自分の正体を明かすのは禁止だからな」

王太子が釘を刺す。田舎の貴族の令嬢という設定でいくことに決められてしまった。

（どんなに着飾ったって、性格までは変えられないのに）

初対面の時は辺りが薄暗かった上、エルダはほとんど喋《しゃべ》っていない。

（だから殿下も思い違いをしたんじゃないかな）

ガサツで男みたいな自分を知れば、ダリウス王子も考え直すに違いない。おしとやかな本物の令嬢と並べば違いは一目瞭然。きっと他の誰かに目を向けてくれるだろう。

（よし！　三か月以内にダリウス様に恋人を見つけてもらおう！）

そして自分は晴れてレジーナ王女の随行騎士となり、お輿入れについていくのだ。

一方、なんとか二人が会う手筈《てはず》を整えることができ、国王一家はニンマリする。

あとはダリウスの頑張り次第。エルダがダリウスのことを好きになるか、あるいはダリウスがエルダ以外の誰かを好きになるか……どっちに転ぶかは神のみぞ知る……だ。

（ダリウス頑張れー！）

国王一家は心の中で可愛い末っ子にエールを送った。

✦

カロニア王国には二通りの軍人が存在する。普通の軍人と騎士だ。騎士のほうが地位が高いとされている。

騎士になるには二つ方法がある。一つは軍功をあげた軍人が叙任されてなる方法。もう一つは入団試験を受験してなる方法だ。

入団試験に合格すると、適性に応じて戦闘部隊か近衛隊のいずれかに配属になる。武力・身体能力が重視される戦闘部隊に対し、近衛はルックス、家柄、人柄が重視される。貴族の人間関係・利害関係に聡《さと》く、王宮に渦巻いている様々な陰謀に敏感であること……これが近衛に求められる資質だ。必要なのは腕力よりも鋭い目と耳。そしてコミュニケーション能力である。

さて、エルダが所属する近衛隊にエイジャクスという男がいる。エルダの上官にあたるこの男、近衛の中ではピカイチの身体能力を誇りガタイもいいが、コミュニケーション能力の点では微妙だった。元来無口であることに加え、顔が怖い。ものすごく怖い。あだ名は『魔王』だ。

つまりどこからどう見ても、彼は近衛向きではない男であり、元来戦闘部隊に配属になるはずだった。ところが彼は『近衛になれないなら騎士にはならない』と言って、戦闘部隊への配属を拒否したのである。そんな我儘《わがまま》は本来は聞き入れられないのだが、彼は近年稀に見る高い戦闘能力を備えた逸材であったため、例外的に認められ、めでたく近衛になった。

現在エイジャクスは国王が外出する時の護衛を務めている。それ以外の時は王宮の演習場で近衛の武術指導をするか執務室で書類仕事をしているかだが、読み書きは苦手だともっぱらの噂《うわさ》だ。

そんな彼の執務室にエルダがやってきた。

国王一家に言いくるめられ『第二王子を社交の場に誘き出す作戦』に協力することになった旨を報告しに来たのである。

ちょうど休憩時間で、剣の手入れをしていたエイジャクスは顔も上げず、興味がなさそうにエルダの話を聞く。

「そうか。了解した」

エルダは愚痴をこぼした。

「全く結婚なんて冗談じゃないっすよ。私はレジーナ様について隣国に行くんですから」

ピクリ――。

剣を磨くエイジャクスの手が止まる。

「なんだと……？」

突然ピリリと部屋の空気が変わったことに、鈍いエルダは気づかない。

皆が恐れる魔王だが、エルダはさほど怖いと思っていない。なぜなら実家の兄がエイジャクスを上回る猛者《もさ》だからだ。物心ついた時から、ゴツい兄たちの軍人スパルタ教育を受けてきたので、へっちゃらだ。

「私、レジーナ様に一生お仕えするのが夢なんですよね～。お輿入れ先にもついてっちゃうぞ！　ってね」

では失礼しまーす、と言ってエルダは持ち場に戻っていった。

カラーン！

エイジャクスの手から磨いていた剣が落ちる。

しばらく無言でワナワナしていたエイジャクスは、やがて何かを思いついたようにガバッと顔を上げると、猛スピードで王宮のほうに走っていき、すぐさま国王に取り次ぎを求めた。

「どうしたエイジャクス？」

「ダリウス殿下とエルダ・ラゴシュを娶《めあわ》せる計画に、及ばずながら協力したいと思いまして」

「ほう？」

いつも無口なエイジャクスが自分からやってきて提言するとは……一体どういう風の吹き回しだろうと国王は訝《いぶか》しむ。

エイジャクスはドキドキする心を抑え、用意してきたセリフを口にする。

「て、提案なのですが、エルダ・ラゴシュに日中もダリウス殿下の護衛をさせるのはいかがでしょうか」

「レジーナの担当から外し、ダリウスにつけるということか」

「はい」

エルダとダリウスを日中ずっと二人きりにする。一緒に過ごす時間を増やし、恋が芽生えることに期待する――これがエイジャクスの狙いである。

国王はしばらく考え、

「そうだな。エルダ嬢にダリウスの人となりを知ってもらうにはいいかもしれない」

と賛成した。

「そうなると、レジーナの護衛は――」

「……レ、レ、レジーナ様の護衛は私が務めさせていただきます！　兼務でっ」

エイジャクスは食い気味に申し出た。

「忙しいお前が？　何もわざわざ隊長自らが護衛をしなくても――」

「いえっ！　そ、その……脅迫状のこともございますし、今は警備の強化が必要かと」

「そうか？　まあいいだろう。ではそのように頼む」

こうしてエルダの配置換えが決まり、エイジャクスは一礼して国王の執務室を後にした。

無表情のまま王宮の廊下を歩くエイジャクス近衛隊長。途中、数名の侍女とすれ違ったが、彼女たちはエイジャクスの姿を見ると身を固くする。顔が怖いから。そんな彼のあだ名は魔王だ。

魔王はそのまま建物を出て庭に下りる。そして辺りに人がいなくなったことを確認すると………

膝から崩れ落ち、両手で顔を覆って悶《もだ》えた。

ひとしきり悶えてから、立ち上がる。そして今度は思いっきりガッツポーズをした。


（レジーナ様の護衛に!!　幸せすぎて泣く～!!）


エイジャクスはレジーナ王女に対し、ひとかたならぬ想いを抱いていた。

極悪な見た目に反し、彼の王女に捧げる愛はどこまでもピュアで。崇拝する姫君の幸せを見守ることができれば、他には何も望まない、そう思いながら生きてきた。

そんな彼は当然のことながら、王女が隣国にお輿入れする際に、一緒についていくつもりだったのだ。だからエルダもそのつもりだと聞いた時はまさに青天の霹靂《へきれき》だった。

随行騎士の枠は一名のみ。王女の輿入れ後もずっとそばで彼女を支え守ることができるたった一名の枠だ。

（冗談じゃねえ……）エイジャクスは思った。

なんのために似合わない白い騎士服を着てまで近衛にいると思っているのか。そもそも騎士になったのだって……レジーナ王女のそばにいたいからだ。

エルダとダリウス王子がどうなろうがこれっぽちも興味はないが、レジーナ王女の随行騎士枠がかかっているとなれば話は別である。

（こうなったら何がなんでもレジーナ様のお輿入れまでの三か月以内にあの二人をくっつけてやる！）

ドス黒いオーラを放つエイジャクス。

（エルダ・ラゴシュはダリウス殿下と結婚してこの国に留《とど》まってもらわねば。レジーナ様と隣国に行くのは自分だ！）

でも……そのおかげで、思いもかけずレジーナ様の護衛になれたのは嬉しい誤算だ。

（ふへへ……）

嬉しさのあまりスキップをしながら騎士の演習場に向かっていたら…………

「あっ！　エイジャクス！　いいところに。今呼びに行かせようと思っていたんだ」

王太子のバシリウスに呼び止められた。

（……ス、スキップしていたのを見られただろうか？）

振り向いたエイジャクスは無表情だったが、内心ドキドキである。

バシリウス王太子はニコニコしながら、用件を切り出した。

「現騎士団長が高齢のため引退するんだが、後任にお前を推薦している。おめで……」

「辞退いたします」

「えっ」

王太子は自分の耳を疑った。

「せ、戦闘の各部隊の隊長も満場一致でお前を推しているんだが……」

エイジャクスは心の中で舌打ちをする。

（騎士団長め……外堀を埋めてきやがったな）

戦闘部隊への配属を蹴って近衛になったエイジャクスだが、その強さを見込まれて、ちょいちょい各地の戦闘部隊に助っ人として駆り出されていた。毎回大活躍をして、その名が知れ渡った結果の推薦であった。

「なぜ断る!?　近衛と兼務でもいいと言ってるじゃないか」

王太子は信じられないといった表情で問い詰める。騎士団長というのは戦闘部隊と近衛部隊の両方を統括する軍のトップだ。軍人でありながら地位は大臣と同格である。騎士なら誰でも憧れるポストのはずなのに……。

「…………」

騎士団長になったらこの国に留まらないといけないから。近衛と兼務はできても、国内で軍の指揮を執らねばならないのだ。隣国に嫁ぐ王女についていくことはできない。

「とにかく、私は騎士団長にはなりません。どうしてもと言うなら騎士を辞めます」

王太子が眉を顰《ひそ》める。

「またその脅しか。騎士を辞めてどうやって食べていくつもりだ」

脅しではない。エイジャクスは本当に騎士の仕事なんてどうでもいいのだ。なれるものならレジーナ王女の侍女になりたいくらいだ。

「外国に行って、その国の傭兵《ようへい》にでもなろうかと」

レジーナ王女に随行する騎士になれないのなら、自力で隣国のネバンドリアに行き、傭兵として雇ってもらおうとエイジャクスは考えていた。愛国心なんて欠片《かけら》もない。ただレジーナ王女の近くにいられればいい。

しかしエイジャクスの返答に王太子バシリウスは青ざめた。エイジャクスの実力を以《もっ》てすれば、どこの国でも諸手《もろて》をあげての大歓迎だろう。でもカロニア王国にとっては軍事力の流出、著しい国力の低下である。エイジャクスが敵に回って攻め込んできたら……恐ろしすぎて洒落にならない。

ともかく、エイジャクスの機嫌を損ねるのは得策ではないと判断した王太子は一旦諦めることにした。切れ者と名高い王太子バシリウスだが、目の前の無表情な近衛騎士の考えていることはさっぱりわからなかった。ただ、エイジャクスを手放してはいけないことは直感的に理解していた。いずれ自分が統治するこの国の未来と平和のためにも。

# 第二章　第二王子の新しい護衛

「本日よりダリウス殿下の護衛を務めさせていただきます。エルダ・ラゴシュです」

陽射《ひざ》しが燦々《さんさん》と降り注ぐ第二王子の執務室。

仏頂面で挨拶をするエルダは、すこぶるご機嫌斜めであった。大好きなレジーナ王女の護衛から突然外されてしまったからである。代わりに第二王子の護衛を申しつけられた。

しかも第二王子の護衛はすでにいる。ドアの外に控えている同僚のカークとアランだ。エルダはオマケのような増員なのである。

この人事異動に納得がいかないエルダは上官であるエイジャクスに抗議に行った。しかし、王女に警備の強化が必要であること、そしてエルダでは力不足であることを告げられたのだ。

エルダは弱い。悔しいけど認めざるを得ない。敏捷《びんしょう》性はあるけど、パワーではどうしても男性には劣る。レジーナ王女がもし暴漢に襲われた場合、守り切れる保証はない。

（このままでは王女の輿入れ時の随行騎士になれないかもしれない）

不安だ。もっと強くならなくてはダメなのだ。

「ああ。よろしくね～」

第二王子のダリウスは机の上のクマのぬいぐるみを掴み、パペットのように動かしてエルダに挨拶をした。

「な、なんですか……そのぬいぐるみ」

その威厳のないゆるい仕草に、エルダは思わず脱力する。な、なんだ、この王子は。可愛いか！

「子供の頃から気に入ってるクマちゃんなんだ。ボロボロになってメイドに捨てられそうになったから、執務室に避難させた」

ダリウス王子はニコニコしながら、ボロボロのクマを抱きしめる。

「へぇ、その子、騎士の服を着てるんですね」

非常にくたびれた、薄汚れたぬいぐるみである。ダリウスの美貌とクマの汚さのコントラストがなんともシュールだ。

ダリウスはクマを机の上に戻すと、頬杖《ほおづえ》をついてダラダラと書類をめくり始めた。第二王子は執務にはあまり熱心ではなさそうだ。

ダリウスは内心、自分の護衛が増えたことを訝しんでいた。ドアの外にはいつもの護衛がしっかり控えている。なのに、部屋の中にも騎士を置く必要があるだろうか？

何せ第二王子なんて気楽なポジションなのだ。命を狙われることなんてまずない。……独身の令嬢に身体を狙われることはあるけれども。頻繁に。

（正直、同じ部屋の中でずっと見られているのは気が重いな。気疲れしそうだ……）

エルダは執務室の隅に立っているよう言われたものの、暇で仕方がない。そこで、立ったまま片足でスクワットをしてみた。時間を有効に使い、トレーニングをするのだ。男性に負けないくらい強くなってみせる。レジーナ王女をお守りするために。

「君、さっきから何してるの？」

気がつけば、ダリウスが興味深そうにトレーニングをするエルダを凝視していた。

「脚の筋トレっす……あ、お仕事の邪魔になりましたでしょうか？」

「いいの、いいの。退屈だったから。ねえ、それ楽しいの？」

「いえ……でも自分は、もっと強くなってレジーナ様をお守りしたいんです」

「姉上を？」

「はい。自分この身をレジーナ様に捧げるって決めてるんで」

「君は姉上のことが好きなのか！」

ダリウスが突然目を輝かせ立ち上がった。

「？　はい。お輿入れ先にもついていくつもりなんで」

「身分違いの恋……か。切ないな～。うん、なんかわかるよ」

ダリウスは憐《あわ》れむような眼差しでエルダのところに歩いてくると、親しげにガシッと肩に腕を回した。

「僕も一昨日から恋をしてるから、君の気持ちは理解できるよ。聞くだけならできるから良かったら話し……っ？」

次の瞬間ダリウス王子は悲鳴をあげ、飛び退《の》いた。

「え!?　き、君、まさか女の子？」

見た目は少年でもやはり触ると感触がまるで違う。組んだ肩のふにゃっと柔らかい感触に恐れおののく第二王子。

「……はい。そうですけど」

「………」

ダリウスは部屋の隅で小さくなってうずくまっていたが、やがてそろそろと立ち上がる。

「し、失礼。少年だと勘違いしてた」

ダリウスは女性が苦手である。同じ部屋にずっと騎士が待機しているだけでも気詰まりなのに、それが女性だとは！　父上はなぜこのような人員配置をしたのだろう。なんらかの考えがあってのことだとは思うが。今すぐ国王の執務室に抗議しに行くべきだろうか……。

「…………」

そんなことを考えながら、目の前の新しい護衛騎士を観察する。

案外、大丈夫かもしれない、とダリウスは思った。不思議と女性と同じ空間にいる時の不快感を感じない。女性っぽくないからだろうか。何せ男性と間違えたくらいだ。

今後もエルダのことは少年だと思うことにしよう――とダリウスは心の中で決めた。

「殿下は女性が苦手なので？」

「うん。色々あってね」

「でも先ほど恋をなさっているとか」

「うん！」

ダリウスの脳裏に一昨日出逢《あ》った可愛らしい令嬢の姿が浮かぶ。その途端、胸いっぱいに甘酸っぱい感情が広がり、目の前の新人護衛騎士の性別などどうでもよくなってしまった。

「そうなんだよ。聞いてくれる？　運命の出会いだったんだ――」

そこからは執務そっちのけで、ダリウスの恋バナが始まった。

ダリウスとエルダは王宮の噴水の前で偶然出くわし、ほんの二言三言言葉を交わした――それだけだったはずなのに、ダリウスが語る邂逅は二〇〇パーセント脚色され、キラキラ感も割増になっており、エルダの認識とはまるで違っていた。

「う、運命の出会い、世紀の恋……ですか？」

「その通り。素足で無邪気に水と戯れる彼女は妖精のようで……」

ダリウスは頬を染め、うっとりと語る。

（慣れないハイヒールで足が痛かっただけなのに！　何この恋愛劇場）

耐えられない。蕁麻疹《じんましん》が出そうだ……これは一刻も早くフラグをへし折らねば！

「恐れながら殿下、ごく普通の出会いを運命だと思い込まれているだけなのでは？」

「失礼だね。そんなことはないよ」

ダリウスはムッとして可愛らしく頬を膨らませる。

「いいえ、噴水やランタンのムードに負けて、錯覚していらっしゃるのでしょう」

「………」

「自分が思うに、殿下のそれは恋ではないのでは？」

恋心を否定されて、温厚なダリウスも少し腹が立った。値踏みするようにエルダを上から下まで眺める。

「君に何がわかる？　見たところ、それほど恋愛経験がありそうにも見えないけど？」

（う……。鋭い！　さすがは王族）

事実、恋愛経験ゼロのため何も言い返せない。エルダは色気がなさすぎるのだ……幼児レベルだ。

しかし、幼児は幼児でもエルダは負けず嫌いな幼児（？）だったようで、つい衝動的に見栄を張ってしまった。

「失礼な！　自分にも好きな人くらいいます」

「そうなの？　相手は男性？　もしかして騎士団の誰かかな？」

「そそ……そうです」

（相手は男性……って）エルダは苦笑する。恋愛対象の性別を確認せずにはいられないほど、自分は普通の女の子からは程遠いのだ。

「つ、付き合ってるの？　どちらから告白したの？　好きになるきっかけはなんだったの？　アプローチは……」

すごい勢いで食いついてくる第二王子にエルダは（しまった――！）と思ったが、時すでに遅し。ダリウスから質問攻めに遭う。

「しょ、職務に影響が出るといけないので、詳細は話せません」

ひとまずそう言って乗り切ろう。詳細設定は何も考えていないから。

素直なダリウスはエルダの出まかせをあっさり信じ、生まれて初めて経験する恋バナの楽しさに感動した。一人で持て余していた熱い想いを誰かに聞いてもらうことが、これほど心地よいとは……！　先ほどまで護衛の増員を不満に思っていたのが嘘のよう。しかもエルダにも好きな人がいるという。同志を得た気分だった。恋バナ友達だ。

「嬉しいよ。これから色々相談させてね」

「はあ…………」

ダリウスは少しタレ気味のブルーグリーンの瞳を嬉しげに細めた。

執務室の外に控えていた護衛のカークは、エルダのことが気になってドアに耳を押しつけ盗み聞きしていた。

（エルダに好きな奴が!!　しかも騎士団の中に？）

カークは真っ赤になって手で口元を押さえた。

（もしかしてそれ、俺じゃね？）

「おい、カーク。交代の時間だ」

やってきたアランはすぐにカークの異変に気がついた。

「お前、何赤い顔でニヤニヤしてんだよ……さてはエルダ絡みだな？」

「い、いや。なんでもない。でへへ」

「この野郎！　さっさと吐け！」

話を聞いたアランは真顔になり、拳を握り締めた。

（エルダ……そうだったのか。俺のことを……）

そして傍らにいる同僚のカークに申し訳ない気持ちになった。でも恋とは戦いなのだ。

カークもまた心の中でアランを慰めていた。

（悪く思うなよアラン。おまえにもそのうちいい子が現れるさ）

二人はお互いの肩をポンと叩くと、ニヤニヤしながら無言でそれぞれの持ち場へ戻っていったのだった。


王宮で再び夜会が開かれることとなった。

エルダも、レジーナ王女の護衛に加え、ダリウス王子にお相手を見つけるという任務を遂行すべくドレスアップして会場に向かう。

騎士のカークとアランもその日の仕事を終えると、すぐさま着替えて夜会の会場へ乗り込んだ。護衛の騎士としてではなく、プライベートでの参加だ。お目当ては勿論《もちろん》、可愛いエルダである。

「エルダ、シャンパン飲むかい？」

「カーク、お前バカか？　勤務中に酒を飲む騎士がどこにいる？」

エルダはカークを睨《にら》みつける。彼女は昔気質で真面目な騎士なのだ。

「はい、食べ物持ってきたよエルダ〜」

今度はアランがお皿に食べ物を取ってきてくれる。どうしたことだろう……エルダは首をかしげる。同僚の二人がやけに優しいような？

「あっちの静かなエリアで二人で食おうぜ」

「おいアラン、抜け駆けは卑怯《ひきょう》だぞ」

「二人ともどういう風の吹き回しだ？」

横にいたレジーナ王女が口を挟む。

「エルダ、その話し方は令嬢らしくなくてよ。人に聞かれたら怪しまれるわ」

そうだった。令嬢のふりをしていることを忘れていた。

「お前ら、何を言ってるんですの？」

言い直すついでに声も高く変えてみる。ちょっと裏声なのはご愛敬。

カークが吹き出し、親指をグッと立てた。


「……いた!!」

不意に絞り出すような呻《うめ》き声がし、会場にいた人々は声の主のほうを振り向く。

「よ、良かった。手がかりがなかったから……もう二度と会えなかったらどうしようって思って……」

皆の視線の先には王太子と同じ色の白金の髪、レジーナ王女と同じブルーグリーンの瞳をした美しい第二王子が顔を上気させて立ち尽くしていた。

ダリウスは溢《あふ》れる喜びを隠そうともせず、満面の笑顔でエルダのもとにやってきた。

滅多に夜会に現れない第二王子の出現に、あちこちから黄色い悲鳴があがる。王子の後ろには磁石にくっつく砂鉄のように貴族の令嬢たちがぞろりと群がった。

少し幼さの残る曇りのない笑顔。万人に愛される太陽のような王子様。そんな彼の視線はずっとエルダに固定されたままだ。

「ダリウス！　待っていたわ。さあこちらへ」

レジーナ王女はようやく現れた弟を笑顔で歓迎した。令嬢たちが遠巻きに羨ましそうに見ている。

エルダと偶然（？）再会できた喜びに心を震わせるダリウス。

「せ、先日噴水のところでお会いしましたが……覚えてませんか」

「そ、そうだったかしら？　忘れましたわ、ホホ……」

殺意がこもった令嬢たちの視線が一斉にエルダを攻撃する。

レジーナ王女は下手《へた》くそすぎるエルダの演技にハラハラしたが、ダリウス王子は気にする様子もなく、好意がダダ漏れの熱い眼差しを送っていた。

「お名前を教えてもらえませんか。僕は……ダリウスと申します」

第二王子の顔を知らない者はいないのに、ダリウスは礼儀正しく名乗った。

「私はエル……」

うっかり本名を名乗りそうになって、レジーナ王女に小突かれる。

「エ、エル……リアーナ、……そう、エルリアーナと申します」

「エルリアーナ嬢、美しいお名前ですね」

「せっかくだから、二人で静かなところでお話していらっしゃいな」

レジーナ王女の鮮やかな後方支援。可愛い弟とエルダをくっつけようと必死だ。

「い、いいえ結構ですっ」

ダリウスと二人きりになりたくないエルダは、焦るあまり思わず地声が出てしまった。

他の女性とダリウスをくっつけなくてはならないのに。

「突然こんなことを言って、軽薄な男だと思わないでほしいんだけど」

ブルーグリーンの二つの瞳がエルダの顔を真っ直ぐに見つめる。

「君のことを……本気で好きになった。どうか僕の妃になってほしい」

周囲がどよめき、令嬢たちが絶望の悲鳴をあげた。

(そんなに簡単にプロポーズしちゃダメでしょう殿下!!)

いきなりのプロポーズに卒倒しそうになったエルダだったが、お腹《なか》にグッと力を入れて堪《こら》えた。

「お断りします」

「どうして」

「私は身分の低い田舎貴族の娘です。殿下にふさわしい文化レベルにありません」

「身分なんて気にしないよ。文化レベルって何？」

「えーと。マナーとか。所作とか？　言葉遣いとか？　貴族令嬢のように美しくできないんです」

「何もせずに立っているだけでも君は美しいよ」

エルダを見つめながら優しく微笑むダリウス。

（ムズムズする〜！　逃げ出したい……）

エルダは恥ずかしくて顔が赤くなる。だって、女の子として男性に話しかけられるのは初めてなのだ。こんな甘い声と熱っぽい視線を向けられ……しかも絵に描いたような美しい王子に、だ。どうしたらいいのかわからない。つくづく自分には『女の子』は務まらない、騎士で良かったと思う。

（とにかく……だ。今自分がすべきことは）

エルダは自分のミッションを頭の中で整理する。ダリウスのエルリアーナに対する想いを断ち切らせ、別の令嬢に目を向けさせることだ。

（まずなんとかして嫌われなくては。よし、『百年の恋も冷める』作戦で行くか……）

エルダは決意する。

「えーと、多分殿下が想像もつかないほどガサツなんです私」

「ふーん？」

「ドアを足で閉めたり、物を人に渡す時に投げて渡したり。刺繍《ししゅう》もダンスもできませんし、字も汚いです。部屋も汚いし、お風呂も嫌いで不潔なままでいても平気です」

思いつく限り、最低な女子の条件を挙げてみる。悲しいことに、全部事実だったりする。

「面白いね。普通『わたくし刺繍が趣味ですの』とか言って、ご自慢の手作りハンカチを押しつけてきたりするのに」

「私、ハンカチなんて使ったことありません！　服の端で適当に拭きます。手も……か、顔も！」

ダリウスは吹き出した。

「ナイフを使うのも面倒くさいのでなるべく大きな一口で手摑みで食べるし、果物は丸齧《かじ》りですっ。しかもものすごい量を食べます」

「あはは。本当に？　じゃあ今から何か食べようか？」

ふふん。令嬢にあるまじき男らしい食べっぷりを披露してやろうじゃないか、とエルダはダリウスと共に飲食コーナーに向かい、会場に並ぶ料理を片っぱしから胃に収めた。

（うま～～!!　最高！）

甲斐甲斐《かいがい》しくエルダのお皿に食べ物を盛りつけるダリウス。周囲は、第二王子に給仕をさせているかの女を唖然《あぜん》として見ていた。肉食系令嬢たちはハンカチを噛《か》み締め、睨みつけている。

「ちょっとレジーナ、あれどうなってるの？」

レジーナ王女にこそっと耳打ちしたのは、仲良しの令嬢ラナ。ラナはレジーナのお茶会のメンバーで、エルダとも面識がある。

「あれ、エルダでしょ。蛇みたいに焼き菓子を丸呑《の》みしてるけど。得意げに」

「よくわかったな、さすがはラナだ」

感心したように呟くのはバシリウス王太子。ラナはバシリウスの婚約者だ。つまり、ラナは未来の王太子妃なのである。

「そうなのよ、実はねダリウスが一目惚れして――」

レジーナ王女がラナに事情を話す。

「嘘ー！　何それ最高！」

エルダが男役を務める恋愛ごっこが大好きなラナは大喜びだ。

「もしエルダがダリウスとうまくいけば、私たちみんな義姉妹ってこと？」

エルダが義妹になったら王宮での生活もさぞ楽しいことだろう。こうしてダリウスの恋を応援する人がまた一人増えたのだった。

ご馳走《ちそう》をあらかた胃袋に収めたエルダは、得意げにダリウスを振り返る。

（どう？　こんな令嬢嫌でしょう？）

ところが美形の第二王子は頬を染め甘く微笑みながらのたまった。

「食べる様子も可愛いね！　ずっと見ていたいくらいだ」

「…………………」

『百年の恋も冷める作戦』はどうやら失敗に終わったようである。

次の作戦を考えあぐねていると、ダリウスがごく自然にエルダに腕を差し出した。

「？」

ポカンとしているエルダに、レジーナ王女が身振り手振りで、手を乗せるよう教える。

知らなかった。淑女とはこのように紳士に支えられて歩くものだとは。ああ、だから歩きにくいヒールを履いても平気なのかと納得する。うっかりダリウスの腕に手を添えてしまったエルダは、会場の視線を一身に浴びながら、そのままバルコニーへと引き摺《ず》られていく。

（ど、どうしよう。二人きりになっちゃった）

困り果てて背中を丸めて俯《うつむ》いていたら、不意に身体が温かいものに包まれた。

（…………？）

ダリウスが自分の上着を脱いでエルダの肩にかけたのだった。驚いたエルダが顔を上げると心配そうに覗《のぞ》き込むブルーグリーンの瞳があった。邪気が全くない、子供のように澄んだ瞳である。

「大丈夫？　寒くないかい？」

（………くっ！）

普段淑女として扱われることがないので、ダリウスの『素敵な王子様』っぷりに思わず怯《ひる》む。

「……実は君にプレゼントがあるんだ」

ダリウスは手に持っていた薄いビロードの箱を開けて見せた。

現れたのはダイヤとオパールを組み合わせたみごとなネックレス。中央の大きなブルーグリーンのオパールを小粒のダイヤが花びらのように囲んでいる。サイドは凝った細工の金の鎖にダイヤとアクアマリンが組み込まれていた。豪華だが若々しく軽やかなデザインだ。

（わ……綺麗！）

キラキラと輝くネックレスに、エルダは息を呑む。エルダはネックレスというものを身につけたことがない。宝石なんてもちろん一つも所有していない。

生まれて初めて間近で見た宝石は美しかった。角度によって色を変える石はずっと眺めていても飽きない。

「気に……入ってもらえただろうか」

おずおずと尋ねるダリウスの声にハッと我に返る。

（見惚れてる場合じゃないわ！　嫌われなくては！）

すぐ自分の使命を思い出し、めいっぱい意地悪な表情を作り出す。ガサツな女がだめなら、性格の悪い女ならどうだ？

「受け取れませんわ」

「君に似合いそうなものを……作らせたんだけど」

「たった一度お会いしただけなのに。ご自分の趣味を一方的に押しつけるのはやめて下さい。迷惑ですわ」

ダリウス王子の悲しそうな表情を見て、心が痛む。酷《ひど》い女を演じるのって思っていたより辛《つら》いかも……でも背に腹は代えられない。

「受け取ってくれるだけでいいんだ。つけてもらえなくても」

「好きでもない殿方から贈り物を頂くほど恥知らずな女ではありませんの」

「……好きになってくれたら嬉しいんだけど」

「無理ですわ。申し訳ありません。殿下は素晴らしい方だと思いますが、私の好みとはかけ離れているのでございます」

（だから諦めて他を当たって下さい殿下！）

「君はどういうタイプが好みなの？　変えられるところは変えるよ、僕！」

「え……と」

エルダは困った。好みのタイプの男性なんてわからないから。考えたこともない。

「……やっぱり、重量のある長剣を片手で横に振った時に体の軸がブレない男性……とか？」

「ん？　なんだって？」

騎士としての理想を思い浮かべたらマニアックになってしまった。

（しまった！　これは『タイプ』ではないな）

「つ、つまり、筋骨隆々で野性味溢れる男性が好みってことですわ！」

「…………」

ダリウスの顔からすうっと微笑みが消える。なぜならダリウスはスマートでスラリとした体型だから。

とにかく自分のことを諦めてもらわねばならないのだ。エルダは思いつく限りダリウスと真逆の特徴を挙げ連ねた。

「え、え～と例えば髪の色は……濃い色、そう、黒が好きなのです」

ダリウスは白金の髪だ。

「瞳は……赤とか金とかブラウンとか」

ブルーグリーン以外ならこの際なんでもいい。

「キリッとした強面で笑わない人がいいですわ」

いつも笑顔を絶やさない優しい王子であるダリウスの背中がどんどん丸く小さくなる。

「あと全力で仕事を頑張る男性が好きです。仕事に対してやる気のない人は軽蔑しますわ」

ダリウスがやる気がなさそうに書類をめくっていたことを思い出したエルダはこれも付け加える。

「………………」

ダリウスは真っ青になり、目を瞑《つむ》った。生まれてからずっと可愛い、ハンサムだ、いい子だと常に周りから好意を示されてきた彼にとって、初めての拒絶である。温かく優しい世界しか知らないダリウスは、容赦なく投げつけられる石つぶての痛みに、泣きそうだった。

（勝った……）

エルダは今度こそ手応えを感じた。勝ったけど、後味が悪い。罪悪感から思わず慰めの言葉をかける。

「そ、その……私の好みが変わっているだけで、ダリウス殿下のことを好ましく思っている令嬢はたくさんいますわ。そのネックレスも他のもっと優しい女性に差し上げて下さいませ」

「っ…………！」

慰めるつもりがトドメを刺してしまったらしい。さすがのダリウスももうエルダの顔を見ることができなかった。

「す、すまない。ちょっと気分が……す、優れないので……先に失礼する」

そう言うと肩を落としてフラフラと去っていった。

（殿下、ごめんなさい‼）

罪のない人を傷つけるのは辛い。悪女になるのはそう簡単なことではないとエルダは悟った。


「――ちょっとあなた！　ダリウス殿下にまとわりつくなんて、どういうおつもり？」

「そうよ。マナーも知らない田舎娘のくせに生意気だわ！」

ダリウス王子が去ったのと入れ違いに、四名ほどの令嬢がバルコニーに現れ、エルダを取り囲んだ。

（ええ～！）

色とりどりのドレスを身に纏った令嬢たち。エルダのシンプルな装いですら用意に二時間もかかったのだ。目の前の令嬢たちの凝ったヘアスタイルは一体どれほど時間がかかったのだろう。ダリウス王子に見てもらいたくて頑張ったのかもしれない。こういう令嬢こそが王子の隣には相応しいのだ。エルダは心の中で令嬢たちを激励した。

（みんな、頑張ってダリウス殿下のお心をゲットするんだ！　そして私を自由にして～！）

エルダが何も言い返さないのが気に障ったのか、一人の令嬢が赤ワインの入ったグラスをエルダに向かって投げつけた。この国の令嬢たち、なかなかに獰猛《どうもう》である。

レジーナ王女から借りている衣装を汚すわけにはいかないエルダはさっと身をかわす。そして海老反りになって、ワイングラスが床に落ちる前にキャッチした。

「な……？」

人間離れした身体能力に、令嬢たちは目を疑った。今のは一体……？

リーダー格の気の強そうな令嬢が、エルダの髪の毛を目掛けて掴みかかろうとする。ウィッグが取れてしまったら大変なことになる。エルダはひらりと舞い、令嬢の頭上を飛び越えて背後に着地した。

「なんなのよあなた!!」

令嬢は怒りのあまり真っ赤になり、涙目で再び突進してきたが、エルダがよけたため、つんのめって転びそうになり……

——ガッ！

エルダの片腕が危なげなく令嬢を受け止める。令嬢の髪に挿していた薔薇《ばら》の花が床にパサリと落ちた。エルダは膝をついてその薔薇を拾うと、

「そんなに怒っては美しいお顔が台無しになってしまいますよ」

と微笑みながら令嬢の髪にそっと薔薇の花を挿した。

トゥンク——

令嬢の胸がときめいて——

（やだカッコいい…………）

その場にいた令嬢たち全員頬を染め、無言になってしまった。レジーナ王女のお茶会で培われた演技力が、意外なところで役に立ってしまった瞬間である。令嬢たちがポーッとして固まっていると……

「エルリアーナ。ここにいたのね」

レジーナ王女と公爵令嬢のラナが現れた。

「レジーナ様！　ラナ様！」

「エルリアーナ可愛い～！　ドレス似合ってるわね」

ラナがはしゃいでエルダに抱きついた。レジーナ王女もニコニコしながらエルダの頭を

撫でる。

現王女と次期王太子妃の登場に令嬢たちは思わず目を剝いた。レジーナ王女とラナはこの国の令嬢カーストの頂点に君臨する存在だ。その二人と親しいなんて、この田舎娘は一体何者なのか。まさか田舎娘とは仮の姿で、実は王族の遠縁なのではないか。だからこそダリウス殿下と親しくしている……?

温厚なレジーナ王女はともかく、ラナは結構怖い。令嬢たちは顔色を失くし、そそくさと去っていった。

✦

夜更けの近衛隊宿舎の食堂で、カークとアランが酒を酌み交わしていた。

とっくに営業を終えがらんとした食堂で、勝手に椅子とテーブルを拝借し、自室から持ち寄った酒を飲む。

ほろ酔い加減のカークがため息をついた。

「俺さ~、剣の稽古の時、もう今までのように全力でアイツに剣を振るえない」

「わかる!　俺もだ。つい手加減しちゃうんだよな」

アランも同意する。

「だってエルダ、あまりに可愛くないか?」

「ああ反則級に。せめてブスだったらこんなに悩まなくても済むのに」

「付き合いたいな……」

「俺もエルダに告白しよっかなぁ」


「――おい」

「ヒッ！」

不意に背後から地の底を這《は》うような低い声がして二人は飛び上がった。

「エ、エイジャクス隊長!!」

二人のすぐ後ろにピッタリくっつくようにエイジャクスが立っていた。いつからいたのだろう。気配が全く感じられなかった。

「お前ら……面白半分にエルダ・ラゴシュに手を出したら――」

地獄のような黒いオーラを漂わせエイジャクスが呟く。

「――殺すぞ」

「「…………っ!!」」

本気の殺気にカークとアランは震え上がる。

「ちゃんとあいつと所帯を持って一生この地で暮らす覚悟があるんならいい。そうでないなら手を出すな。いいな？」

エイジャクスは瞳孔が開いた瞳で二人をギロリと睨《ね》めつけて去っていった。

「…………し、死ぬかと思った」

「俺もちびりそうだった、いや少しちびった」

カークとアランは青ざめた顔で、無言のまま見つめ合った。

「…………」

「…………」

テーブルにガバっと突っ伏して、こぶしで天板を殴る。酔いはすっかり覚めてしまった。

「ちっきしょー！　まさか……隊長もエルダのことが好きだったとはな」

「ああ……しかもかなり本気っぽくね？」

「手を出すな、だってさ」

「所帯持つ気があるのかとか言ってたな……」

「隊長、すでに結婚まで考えているのか……びっくりだな」

「でもさ～、もしお前がエルダだったら、隊長と俺のどっちと付き合いたい？」

「……うーん。お前……かな」

魔王よりはマシに違いない。

「だろ？　俺がエルダだって隊長よりはお前を選ぶよ」

「友よ！」

二人はがっしりと手を握り合う。

「だから諦めずに頑張ろうぜ！」

「だな！　選ぶのはエルダだ」

カークとアランの絆《きずな》が深まった瞬間であった。

カークとアランがエルダに対する想いを語っているところに偶然通りかかり、エイジャクスは焦った。

せっかくダリウスとエルダをくっつけようとしているのに、余計な邪魔が入っては元も子もないではないか。いや、くっつくのは誰とだって構わない。エルダを永久にこの国に留め置いてくれさえすれば。つまり結婚するのならいいのだ。でも中途半端な恋愛は許さない。

（自分は絶対に、レジーナ王女についていく！）

何を犠牲にしてでも絶対に!!　エイジャクスは心に誓った。

✦

翌日、エルダは恐る恐る出勤した。

昨晩の夜会でダリウスに酷いことをたくさん言ってしまったので、顔を合わせるのが怖い。想いには応えられないけど、ダリウスを傷つけたいわけではないのだ。

執務室に入ると、隅っこの安楽椅子に第二王子が小さくなって座っていた。目が少し赤く、クマもできている。これ多分泣いたんだろうな……）

天使のように綺麗な容姿のせいか、痛々しさに拍車がかかっている。しょんぼり項垂《うなだ》れる様子はあまりに哀れで、レジーナ王女でなくても駆け寄って抱きしめてあげたくなるほどだった。

（だ、だって、だって！　殿下が好きなのは私ではなくて、実在しないエルリアーナだもん！　それに私は騎士として、レジーナ様と隣国に行っちゃうんだから仕方がないじゃない）

罪悪感で胃が痛くなったエルダは心の中で言い訳する。

「……悲しい……」

ダリウスがポツリと掠《かす》れた声で呟いた。

（うっ～～～～～!!）

もう可哀想すぎて見ていられない。自分のせいだけれども。

「で、殿下の良さを理解できない女なんてもう忘れましょう？　ね？　もっと優しい女性がたくさんいますって」

「……僕の見た目が好みじゃないんだって……」

「でで、殿下はハンサムですよ！　世間一般の女性は皆殿下のような男性を好みます」

「プレゼントも……受け取ってもらえなかった……。僕の……瞳と同じ色の宝石を身につけてもらいたかっただけなのに…………」

瞳の色……そうだったのか。エルダはますます罪悪感でいたたまれなくなった。

「で、殿下は素敵です！　なんにも悪くありません！　だから悲しむ必要なんてないんですっ」

自分で傷つけておきながら、何いい人ぶっているんだと、エルダは自己嫌悪に陥る。

ダリウスは少し驚いたようにエルダを見つめると、小さく微笑んだ。

「……ありがとう。優しいね、エルダ。でも欠点を指摘されたから悲しいんじゃないんだ」

「？」

ブルーグリーンの瞳にじわっと涙が浮かぶ。

「他の女性を勧められたことが……一番悲しかった……。エルリアーナのために作ったネックレスを、僕の手で他の女性にあげろって……ちょっと酷いよね？」

そう言ってグスンと鼻をすすった。

（ごめんなさい、ごめんなさい、ごめんなさいぃぃ～!!）

自分以外の女性に目を向けてもらうためとはいえ、鬼畜すぎる行為だとエルダも心の中で猛省する。

ダリウスはため息をつくと、無言のまましょんぼりと膝を抱え動かなくなる。エルダは針のむしろに座っているような気分だ。

そのまま数時間が経過し——正午になり、ドアの外で護衛騎士のカークとアランが交代する時間になった。ダリウス王子は何かを決意したようにおもむろに立ち上がると、ドアの外にいたカークとアランに声をかけた。

「二人に頼みがあるんだ」

「カーク、今日の午後、城下に行って女性に人気のある菓子を、ありったけ買ってきてほしい」そう言って金貨の入った革袋を手渡した。

「菓子……ですか。わかりました」

「そして、アラン――」

ダリウスはマッチョなアランの身体を上から下まで眺め回す。

「筋力をつけるためのトレーニングメニューを考えてほしい」

「筋肉ですか？？」

「ああ。なるたけ短期間で筋肉をつけたいんだ。指導してくれる？」

（まさか私が昨日言ったことを真に受けて？）

エルダは驚愕した。あれはわざと言っただけで、本当に筋骨隆々がタイプだったわけではないのに。

次にダリウスは「兄上に相談したいことがある」と言って、王太子の執務室を訪ねた。そしてしばらく王太子と話をしてから、大量の資料を抱えて戻ってくると、真剣な顔で黙々と資料を読み始めた。

カークが城下からおびただしい量の菓子を抱えて戻ってくると、今度は菓子を食べながら再び資料を読む。マドレーヌ、フィナンシェ、ガレット、サブレ……お店が開けそうなくらいの大量の菓子。ダリウスはそれらの包みを次から次へと開けて、口に運ぶ。

「で、殿下！　まさか失恋のせいでやけ食いをなさっているので？」

「失礼だね。まだ失恋と決まったわけではないでしょ」

文句を言いつつも、ダリウスはどこか吹っ切れた様子だ。

「好みのタイプが僕とは違うってだけで」

「それを普通は振られたと言うのでは？」

「好みのタイプになればいいだけの話だ」

「えっ？　……で、殿下って諦めが悪い人だったんですね……」

「諦められないんだから仕方がない。だから頑張るって決めたんだ」

少し照れくさそうに笑うダリウス。

計画は失敗に終わってしまったが、元気になったダリウスを見てエルダは内心ホッとしていた。人の心を傷つけるのは、傷つけるほうも辛いものだから。

「でもなぜ菓子を？」

「あー。宝石は受け取るほうも負担だろうから、もう少し軽いものを贈ろうと思うんだよね。お菓子なら受け取ってもらえるかなって。夜会でも美味しそうに食べてたし」

マドレーヌを頬張りながら、美しい第二王子は言った。

「……で、絶対に喜んでもらえるように、王都で一番美味しいと思えるお菓子を選ぶんだ！」

（で、全て自ら味見を？）

なんて律儀な王子だろう。なんだか申し訳ない気持ちになった。だって、エルダはそんな繊細な味覚の持ち主ではないのだ。味の違いなんてわからない。

ダリウスは資料読みの合間にアランの指導の下で筋トレを行う。

「ええっ！　エルリアーナ嬢の好みのタイプは筋骨隆々とした男性なのですか？」

「うん。だから少しでも彼女の理想に近づきたいんだ」

王子が筋トレを始めた理由を聞き、アランは歓喜した。アランはマッチョなのである。

（やっぱりエルダの想い人って俺じゃん！）

近衛ということもあり、普段から女性にチヤホヤされているアランは非常にポジティブな性格であった。

（へへ。カーク、悪く思うなよ。あ、エイジャクス隊長にもバレないようにしないと……バレたら殺されるな俺）

浮かれたアランは部屋の隅にいるエルダに向かってさりげなく筋肉を強調するようなポーズを取ってみせた。

腕立て伏せをしながら悩みを打ち明けるダリウス。

「僕さ～女性を好きになったのは初めてだから、どうしたら喜んでもらえるかわからないんだ。エルリアーナ、あんなに可愛いんだ。きっとたくさんの男に言い寄られてるんだろうな」

（いやいや、彼女は女性として認識すらされてませんって！）

殿下の目はおかしいとエルダは本気で心配した。

筋トレの後は再び菓子を食べながら真剣な顔で資料を読む。時にはメモを取りながら。

昨日までは頬杖をついてだるそうに書類をめくって、ろくに読みもせず眺めるだけだったのに。

「エルダ悪いんだけどさー、この資料兄上に返してきてくれない？　で、領地の税収に関する資料二〇年分を借りてきてもらえるかな」

ダリウス王子が読み終えた資料を抱えて王太子の執務室へ行くと、王太子が興奮した面持ちでやってきた。

「なあ、お前ダリウスに何か言ったのか？」

「え……と？」

「あのダリウスが！　いきなり政務に関心を持ったらしく、教えてくれって言われて驚いたぞ」

エルダの脳裏に昨晩の会話が蘇る。

『全力で仕事を頑張る男性が好きです。仕事に対してやる気のない人は軽蔑しますわ』

「……あ」

（まさかあの一言で？　真剣に仕事に取り組もうと……？）

ダリウス殿下が読んでいたあの山のような資料はそういうわけだったのか。

「俺がいずれこの国を治める時、ダリウスが右腕となって一緒に支えてくれれば、こんなに嬉しいことはない」

王太子は上機嫌だ。

「今まで、政務には消極的だったダリウスが自発的に……。あいつのやる気を引き出してくれたお前には礼を言う」

「…………」

（ダリウス殿下に嫌われようとしただけなのに。どうしてこうなった……）

その晩、国王一家が『祭り』状態で盛り上がったことは言うまでもないだろう。

「あの子に素敵なお嫁さんが来るだけでいいと思っていたのに、まさか政務にまで関心を持つようになるなんて……私嬉しくて」

王妃は感激に瞳を潤ませる。

「私たちは今までダリウスに甘すぎたのかもしれん。危うく彼のやる気を潰してしまうところだった……やはりダリウスの傍らには彼女のような妃が必要だな」

国王も頷く。すでにエルダがダリウスの伴侶となる前提でいる。

「愛は少年を一人前の男性に成長させるのですね。感動ですわっ」

レジーナ王女も大興奮。

「この国の未来は明るいな！　さあ、乾杯しよう！」

王太子は家族のグラスに自らワインを注ぐ。

「「「「カンパーイ!!」」」」

エルダの作戦はことごとく失敗に終わっただけでなく、着々と外堀を埋められつつあるのだった。

家族がワインで祝杯をあげていた時も、一人せっせと菓子を食べ続けたダリウス王子は、二日後にとうとう弱音を吐いた。ブルーグリーンの瞳に涙をためて。

「おえぇ～、もう口の中が甘ったるくて吐きそうだよ」

焼き菓子の食べすぎによる胸焼けと、筋トレによる筋肉痛のせいで体調は最悪だ。

「もう食べすぎて味がわからない」

「適当でいいんじゃないですか」

「ダメだよ！　いい加減に選んで、まずくて食べてもらえなかったら一生後悔する」

「彼女はそんなグルメではないと思いますが……」

「たとえ僕のことは嫌いでも、お菓子を美味しいって思ってもらえれば、少しは印象が良くなるかもと思うと、やめたくてもやめられない」

（ダリウス殿下にここまでさせるなんてエルリアーナ、罰当たりすぎる……ごめんなさいぃ～!!）

「エルダ、手伝ってくれる？　最終的にこの五種類に絞ったんだけど、どれがいいと思う？」

ダリウスに泣きつかれたので、エルダは目の前の五種類の焼き菓子を試食する。さすがは入手困難な銘菓、どれも評判に違《たが》わず絶品だった。

「はい、美味しいです。へー。ふーん。……んっ？」

三つ目の菓子はオレンジピールとチョコとスパイスを焼き込んだケーキ。ほっぺたが落ちるかと思うほど美味しかった。

「んんん～～？」

「ふふっ……イタタ……。わかりやすいな。それが気に入ったんだね」

笑った拍子に筋肉痛に襲われる第二王子。

「はい!!　すっごく美味しいです」

「そっか。君がそう言うんならそれにしようかな」

「絶対そうするべきです!!」

もらうのは自分だから。

「受け取ってもらえるかなぁ……はぁ……」

すっかり自信をなくしたダリウスは、また振られることを想像して落ち込む。

「本当は宝石とかドレスとかを贈りたいけど、僕は嫌われてるし」

素直なダリウスが自らを卑下するような発言をするようになってしまったのは、間違いなくエルリアーナのせい。良心の呵責《かしゃく》に苛《さいな》まれたエルダはフォローを入れる。

「別に殿下のことが嫌いなわけではないですよ！　ただ……気持ちには応えられないってだけで……あ、いえ、あくまで推測ですが」

嫌いなわけではないのだ。ダリウス王子は見目麗しく、優しく誠実な人だ。その彼にひたむきに気持ちをぶつけられると……うっかりほだされそうになる。

でもダリウスが好きなのはニセ令嬢のエルリアーナであって、騎士のエルダではない。本気にしてはいけない。

――コンコン！

「殿下、毛染めのご用意が整いました」

侍女がダリウス王子を呼びに来た。

「ありがとう。今行くよ」

「ちょっ……殿下！　毛染めって……？」

「ああ、染めるんだ。エルリアーナ好みの黒に」

エルダは息を呑んだ。エルリアーナのたった一言で……その美しい髪を染めるなんて。

「や……やだっ！」

エルダは部屋を出ていこうとするダリウスの腕にしがみついた。

「エルダ？」

我を忘れて王子の腕にしがみついてしまったことに気づき、慌てて離れる。でも……どうしても嫌だったのだ。王族の象徴のような白金の美しい髪、何よりもダリウスに似合っているその髪を変えてしまうことが。

「ふ、不敬を働いたことお許し下さい。でも、殿下に黒髪は似合いません‼　王族としての矜持《きょうじ》はないのですか？」

「エルダ……」

「どうか国王陛下から頂いたその髪色を大切になさって下さい」

「……それもそうだね。髪色を変えたくらいで、僕なんかを好きになってくれるとは思えないもんね」

自虐的に笑い肩を落とすダリウス。

「………」

明るく素直だったダリウスが。すっかりいじけた性格になってしまった……。エルダは自分がいじめっ子になったような気分になる。

髪を染めるのをやめ、机に戻ったダリウスは、先ほどエルダにしがみつかれた右腕にそっと視線を向ける。

「…………………」

不思議な気持ちだった………。

夜会などで不躾《ぶしつけ》な令嬢にベタベタ触られることは幾度となくあり、その度に身がすくむような、逃げ出したいような嫌悪感に襲われていたのだが。

エルダにしがみつかれた時、嫌悪感はなかった。ほんの一瞬ではあったけど、感じたのははほのかな温《ぬく》もりと心地よさ。例えるならお気に入りのクマのぬいぐるみを抱きしめた時のような感じ。

そもそも、長い時間同じ空間にいても気疲れしないのが意外である。エルダがダリウスの護衛になってまだほんのわずかな時間しか経っていないのに、生活にすっかり馴染《なじ》んでいる。

エルダが少年っぽいからなのだろう、とダリウスは無理やり自分を納得させた。

そして再びの夜会——。

緊張と筋肉痛のため、ぎこちない歩き方でダリウスはやってきた。

その表情は固く、トレードマークの笑顔もない。

（あれだけ酷いこと言っちゃったからなぁ……）

自分が傷つけたせいで笑わなくなってしまったのだろうとエルダは自責の念に駆られた。

二人で無言のままバルコニーにいるのが気まずくなり、大広間に戻ろうとした時、ダリウスが口を開いた。

「め、迷惑だろうけど……僕は諦めないから。……黒髪でもないし、君の好みとはかけ離れていても……それでも僕は君が好きだ！」

「…………っ」

王子は本気なのだ。それがヒシヒシと伝わってくる。

（こんなにも真摯な殿下の態度に対し、私ときたら……）

自分の取った行動のなんと不誠実なことか。

「殿下」

エルダは背筋を伸ばし、真っ直ぐにダリウスの瞳を見つめた。気持ちには応えられなくとも、せめてきちんと向き合おう……。小細工はやめて、許される範囲で正直に伝えよう。

「先日は数々のご無礼をどうぞお許し下さい」

「いや……君は悪くない……」

「殿下は素敵な方だと思います。……殿下の金髪、私好きですよ」

「えっ？」

（だから染めたりしないで下さい！　殿下はそのままでいいのです）

どんよりしていたダリウスの瞳がかすかな期待に輝くも、続く言葉に再び落胆させられる。

「でも私は殿下のお気持ちに応えることはできません」

「…………」

「私には他に頑張りたいことがあるのです。そのためには今は恋愛をする気はありません」

「その内容を聞いても？」

覚悟を決めたダリウスは存外冷静だった。前回のように動揺はしない。

受け入れてはもらえないけれども少なくとも嫌われてはいないのだから。

「ごめんなさい。申し上げられません」

「……そっか」

二人はしばらく無言でバルコニーに並び、夜の庭園をぼんやり眺めていた。

不意にダリウスがエルダのほうを向いて、宣戦布告するかのように言った。

「君の気持ちはわかった。だけどごめんね。それでも僕は諦めない……」

普段は天使のように穏やかで優しいダリウスが初めて見せる力強い眼差しにエルダの胸がドキリと音を立てる。

「あ、そうそう」

突然ダリウスが思い出したかのように、小さな包みを取り出した。

例の焼き菓子だ。わざわざ自分の色でラッピング仕直したのだろう、ブルーグリーンのベルベットのリボンがかかっている。

「王都で人気の菓子らしい。自分のを買ったついでで悪いんだけど……もらってくれないだろうか」

（ついで……ね）

受け取ってもらえなかったらどうしようと悩んでいたことをエルダは知っている。わざわざエルリアーナのために三日かけて王都中の菓子を試食した。食べすぎて気分が悪くなりつつも、一生懸命選んでくれたお菓子だ。

（こんないい人に意地悪なんてできないよ……）

「ありがとうございます。お菓子は大好きなので……嬉しいです」

そう言って受け取ると、ダリウスはホッと肩の力を抜いた。

「受け取ってくれてありがとう。では、また」

そう言い残し、あっさり去っていった。

一人バルコニーに残されたエルダはポツリと呟く。

「……困ったな」

そう。エルダは色々と困っていた。

ダリウス殿下に欠点がなさすぎることに。

真剣な顔で好きだと言われ、ドキッとしてしまったことに。

そして……焼き菓子に込められたダリウスの気持ちを嬉しいと感じている自分に。

# 第三章 それぞれの恋心

エイジャクス近衛隊長はこの世の春を謳歌《おうか》していた。

エルダをダリウスの護衛に据えたことで、自分は憧れのレジーナ王女の護衛になることができたのである。もう、毎日が楽しくて仕方がない。嬉しさのあまり、咽《むせ》び泣いたほどだ。

（毎日レジーナ様に『おはよう』と『おやすみなさい』を言ってもらえる日が来ようとは……ああ、幸せすぎて怖い……）

毎日王女の部屋の外で待機し、移動の際には一緒に行動する。

レジーナ王女の護衛はエイジャクスにとっては褒美も同然なので、休日も全て返上して王女のそばに張りついた。できることなら二四時間警護したかったが、残念ながら夜間は別の者に交代させられてしまった。


ある日、レジーナ王女が公務で孤児院を訪問することになった。エイジャクスも当然、護衛として同行する。

子供たちへのお土産や、お菓子などをたくさん馬車に詰め込んで、いざ出発。

（二人で同じ馬車に……まるでデートではないか。この上なき僥倖《ぎょうこう》！）

嬉しすぎて、前日の晩は一睡もできなかったエイジャクス。もとから怖い顔をしているところに、寝不足で充血した目が加わると、連続殺人犯も真っ青な恐ろしさだ。案の定、孤児院の子供たちに泣かれて大変だった。


王都には宗派を同じくする多くの教会が存在し、中には孤児院や学校などが付随しているものもある。主な利用層は貴族ではなく庶民だ。

この日訪れた孤児院も、貧しい者や困っている者の救済に力を入れている教会が母体となっており、王都の商業地区から少し外れた静かな通りにあった。

建物いっぱいに蔦《つた》が絡まる歴史のある教会。その隣に建つ孤児院では男女合わせて五〇名ほどの子供たちが暮らしている。

何を隠そうエイジャクスはこの孤児院の出身である。

赤ん坊の時に両親を亡くし、引き取られた先で虐待されて育った。そしてこの孤児院に保護されたのが一〇歳の時。以後、騎士になるまでの六年間をここで過ごす。

孤児院には温かい食事と清潔な寝床があったが、それ以上のサービスを提供する余裕はなく、エイジャクス少年は母親の愛情も家庭の温もりも知らずに育った。

そのことになんの疑問も持たずに生きてきたが、エイジャクスが一二歳になったある日、彼の世界が一変する。

この国の幼い王女――レジーナ殿下が孤児院を訪れたのである。

レジーナ王女は小さい子の世話を焼くのが好きで、あまりにしつこく弟のダリウス王子に構うので、見かねた国王が孤児院訪問を提案したのだ。この時レジーナ王女は七歳。

初めての公務で孤児院にやってきたレジーナは歓喜した。子供がうじゃうじゃいたからだ。小さな子供が大好きで、とにかくベタベタと猫可愛がりしたいレジーナにとって、孤児院はパラダイスだ。

「わぁ！　可愛い～～!!」

自分だって子供のくせに、目を輝かせ小さい子供を抱きしめるレジーナ王女。気持ちだけは一端《いっぱし》の『お母さん』だ。

母親の温もりに飢えている小さい子たちが、嬉しそうに王女に抱っこされている様子を見た瞬間、エイジャクス少年は雷に打たれたような衝撃を受けた。

なんて美しくて幸せな光景なんだろう…………。

世の中にこんなにも尊く、美しいものがあるなんて。胸が締めつけられた。

子供たちに優しい眼差しを送るレジーナ王女は教会で見た聖母の絵画そっくりだった。限りなく温かく、慈愛に満ちている。

愛情、温もり、幸せ……エイジャクス少年はもちろんその言葉は知っていたが、これまでどうしても具体的にイメージできなかった。経験したことがなかったからだ。

子供を抱きしめているレジーナ王女の眼差しと、抱きしめられている子供たちの笑顔を見て初めて

（ああ、これが『愛情』……これが『幸せ』……）

と、理解したのである。

それからというもの、エイジャクス少年はレジーナ王女の訪問を心待ちにするようになる。王女が子供たちを可愛がっている姿を見ることが、彼のささやかな楽しみとなった。見ているだけで自分まで幸せな気分になれた。愛されることを疑似体験していたのかもしれない。

エイジャクス本人はレジーナ王女より五歳も年上である。だから小さい子に交じって甘えるわけにもいかず、物陰からこっそり見ているだけだったけど。

やがて、孤児に剣術を教えにやってきたボランティアの騎士に、素質を見出されたエイジャクス少年はみるみる頭角を現し、騎士団入団試験に合格する。そしてレジーナ王女のそばにいるために近衛になり、今日に至るというわけだ。

エイジャクスにとって『愛情』と『レジーナ』は同意義である。他の愛情の形を知らないからだ。『幸せ』や『優しさ』や『温もり』についてもそうだ。この世のあらゆる尊いものは全てレジーナとイコールなのである。

レジーナ王女がいなければ、エイジャクスの人生には『愛情』も『幸せ』も『温もり』もない。レジーナ王女はエイジャクスの人生におけるたった一つの光であり、神にも等しい存在だ。王女が隣国に嫁ぐ際には何がなんでもついていくと決めている。嫁ぎ先でレジーナ王女が子供たちに愛情を注ぐ様をそばで見ていたいのだ。

「レジーナ様、抱っこ〜！」

「マリーはおねしょしたから悪い子なんだぞ！　あっちへ行け」

今日も子供たちの抱っこを巡る争いが勃発する。

「おねしょしても、悪い子でも構わないわよ。私はマリーの美味しそうなほっぺたが大好きだもの」

そう言ってレジーナ王女はマリーを抱き上げほっぺたにキスの雨を降らせる。子供たちが可愛くてたまらないのだ。

「ボクも抱っこ～。レジーナ様いい匂い」

「ジェイのほうがいい匂いよ。おひさまみたいな匂いでずっと抱っこしてたいわ」

「私も～」

「レジーナ様、これ見て！」

甘え方を知らない天《あま》の邪鬼《じゃく》な子供に対しても、お構いなしにぎゅうぎゅう抱きしめ、可愛がる。

「離せよ！　僕は赤ちゃんじゃない！」

「嫌よ。はぁああ、可愛い、可愛い、可愛い～！」

「…………」

レジーナ王女は心底嬉しそうである。文句を言ってる子供たちもまんざらでもない様子だ。

レジーナ王女の聖母のような笑顔を、エイジャクスは眩しそうに見つめていた。

その後子供たちとゲームをし、読み書きを教え、持参したおやつをみんなで食べて、この日の孤児院訪問は終了した。

「子供ってどうしてあんなに可愛いのかしら」

馬車を停《と》めてある場所に向かって歩きながらレジーナ王女が呟く。

「私、王女でなければ孤児院の指導者か乳母になりたかったわ。自分の子供を自分で育ててみたい。平民が羨ましいわ。もし神様が一つだけ願いを叶えてくれるなら迷わず自分の子供を自分でそだ……」

「――お嬢サン、占いはイカガ？」

突然声をかけられて、レジーナ王女とエイジャクスは足を止め振り向く。

孤児院を出てすぐの表通り。道端に直接テーブルと椅子を置いて営業している占い師。

声の感じから女性のようだが、ベールを被っているため顔がわからない。

孤児院の周辺は大した商店もなく、人もまばらだ。どうせ道端で商売をするならもっと街の中心部にすればいいものを。

「一回五〇ルビンネ。お嬢さんの真実の愛がどこにいるのかワカルヨ」

馴れ馴れしい占い師をエイジャクスが軽く睨んだ。魔王の恐ろしいオーラに、占い師がビクッとする。そして誰かを探すようにキョロキョロ辺りを見回した。

「こ、今回はトクベツネ……時間無制限でじっくり占ってアゲル」

占い師の女の言葉には異国の訛《なま》りがあった。カロニア王国の人間ではないようだ。

「結構よ。真実の愛なんて……私には縁のないものだもの」

少し寂しそうにレジーナ王女は微笑み、占い師の前を通り過ぎる。

「マ、マッテ!!　じゃあ三ルビンで……いいえ、タダでいいから……ネエ、チョットマッテ」

背後からしつこく声をかけてくるが、もう振り返らない。

「お願いい!!　カエラナイデ!!!」

占い師の女は立ち上がる。そして水晶玉を放ったらかして、追いかけてきた。そんな占い師のことは無視して、二人はさっさと馬車に乗り込む。

走り去る馬車を追いかけながら、占い師の女は叫んだ。

――お、お嬢サン！　アンタ、南のほうに行っちゃイケナイ！　真実の愛を手に入れたければ、南に行ってはイケナイヨ！　アンタの真実の愛はカロニアにアルから！

✦✦

「エルリアーナがお菓子を受け取ってくれたよ！」

夜会の翌朝、執務室に現れたエルダを見るなり、王子は嬉しさを隠しきれない様子でそう告げた。

「君たちが協力してくれたお陰だ。本当にありがとう」

「良かったですね殿下」

ダリウスの明るい表情を見てホッとする。

「まずは一歩前進って感じだな。次のプレゼントはドレス……は、さすがに無理だろうなぁ……」

「…………」

ドレスは困る。騎士宿舎にかさばるドレスを収納する場所なんてない。

「あーあ。僕の瞳の色を身につけてもらうのは夢のまた夢だな～」

頭の後ろで両手を組んで天井を仰ぎため息をつく第二王子。

恋人同士の間で、相手の瞳の色を身につけるのが流行《はや》っているようだが、エルダには全く理解できない。相手の瞳の色を身につけたからなんだというのだ。なぜ皆そんなことにこだわるのだろう。

菓子の包みに掛かっていたブルーグリーンのリボンがふと脳裏をかすめる。

「相手に自分の色を身につけさせたがる心理が理解できません」

「僕も、今までは全くピンとこなかったんだけどね」

ダリウスがちょっと得意げに言う。

「今ならわかる。この女性は自分のものだっていう印みたいなものなんだよ」

「犬の首輪のようなものでしょうか？」

「酷い例えだ……。君には風情ってものがないのか？　ドレスにしろネックレスにしろ、身体に直接つけるわけだから、間接的に自分が触れているような感じがしてグッとくるよね」

「？？」

「わからないかな〜？　なんていうか……ネックレスだと首筋に口づけしてるみたい、ドレスだと全身で抱きしめているみたいで……はぁ……いいな。憧れる」

ダリウスはため息をつき、ぬいぐるみのクマを情熱的に抱きしめた。

（くっ、首筋に口づけ？……　全身で抱きしめる？）

色っぽい話に全く免疫のないエルダは仰天する。無垢《むく》な天使のようなダリウスの口から発せられた、思いのほか生々しい言葉。しかもその対象が自分なのだ。

「で、殿下はエルリアーナ嬢にまさか……ふ、触れたいのですか？」

「……当たり前だろう。好きなんだから」

ダリウスは赤い顔をして、照れたようにニマニマした。

（ひえぇぇぇ！　当たり前なのか！）

わからない。これまで女性として見られたことすらないエルダにはさっぱりわからなかった。

エルダは騎士である。武術の鍛錬の際に相手の騎士と身体が触れることなどしょっちゅうだ。怪我した騎士を医務室に運ぶこともあれば、騎士仲間で腕相撲をしたりもする。肩を組んで酒を飲むことも。

　レジーナ王女のお茶会では令嬢たちをお姫様抱っこしたり、手を取ったり、ダンスをしたりもする。相手が男性であろうと女性であろうと、身体が接触しても何も感じたことはない。エルダにはダリウスのこだわりが全く理解できなかった。


　ダリウスが筋トレを始めた。アランに考えてもらったメニューである。スクワットをしながら、ふと思いついたように言った。

「そういえば、エルダも以前トレーニングしてたよね？　もし良かったら、一緒にやらない？　一人でやるより頑張れそうな気がするんだ」

　ダリウスからの筋トレの誘いをエルダは二つ返事で承諾した。

「いいですね！　私ももっとトレーニングの時間が欲しいと思っていたのでありがたいです」

　こうして、ダリウスとエルダは筋トレ仲間になった。一人でやるより頑張れそう、と言うダリウスの読みは正しかったようで、二人で行う筋トレの効果は予想以上に大きかった。

　やがて二人は筋トレをしながら色々な話をするようになる。

「へぇ……エルダにはお兄さんが三人もいるんだね」

　エルダの実家であるラゴシュ家は脳筋一家である。質実剛健でストイック。騎士として全力で任務を全うすることが生き甲斐だ。田舎で娯楽がないこともあり、遊びとも恋愛とも無縁の生活を送っている三人の兄は全員独身。すでに他界した両親も軍人だった。

「末っ子でただ一人の女の子なら、お姫様のように大事にされたんじゃない？」

ダリウスは自分の家族を思い浮かべながら想像する。

「とんでもない！　兄たちは私のこと弟だと思ってますよ、きっと」

兄の指導はスパルタで、エルダに対しても容赦ない。しかし、誰に似たのかエルダは骨格が華奢《きやしゃ》であり、軍人には向かないと気づいた兄が数年前から縁談を勧めてくるようになった。それがエルダには悲しかった……自分が落伍《らくご》者になったようで。

「でも！　王都に来て人生が変わりました。腕力だけが全てではないとわかったんです」

女性ならではの特性を買われて近衛になり、目から鱗《うろこ》が落ちる思いがした。

「兄がどんなに武力に優れていようと、王女の替え玉にはなれません。私だからこそ役に立てることが見つかって本当に嬉しかった……」

しかもレジーナ王女は、一生を捧げ尽くすに値する人格者だ。自分はそんな主君を兄たちよりも早く見つけたのだ。

（脳筋兄貴め、ざまあみろだ……）

「だから、私はレジーナ様のお輿入れの随行騎士になり、隣国に骨を埋《うず》めるつもりなんです」

「そうなんだ………」

エルダが隣国に行くつもりであると聞いて、ダリウスは少し残念に思った。恋バナに耳を傾けながら一緒に筋トレに励む、この穏やかな日々が心地よかったから。

（ずっと僕の護衛でいてくれたら良かったのになぁ……）

「……くっ！　………ふ……」

ジャックナイフと呼ばれる、V字になるよう手と足を同時に上げる腹筋を行う。運動神経も良く、身体能力も高いダリウスではあるが、職業軍人として日々鍛えているエルダには敵《かな》わない。

「キツイ……クソ！」

「そおですか～？」

エルダがダリウスを煽《あお》るようにニヤニヤ笑う。筋トレがキツくてギブアップしそうになったダリウスは、横でエルダが同じメニューを楽々こなしている様を見て、もう少し頑張ろうと歯を食いしばった。

（いくら相手がプロの軍人とはいえ、女の子に負けるのは悔しいからね！）

女性恐怖症だけどエルダは男みたいなものだから平気。

エルダは女の子だから筋トレで負けるのは悔しい。

――この矛盾にこの時のダリウスはまだ気づいていなかった。

✦

「ねえねえレジーナ、最近王都で評判の占い師がいるって知ってる？」

夜会の会場で、流行に詳しいラナが、仕入れたばかりの情報を披露した。ラナはレジーナ王女の大親友で、王太子の婚約者でもある。

「あら、そうなの？」

レジーナ王女は公爵令嬢のラナほどは自由に外出ができないため、トレンドには疎い。

「それ、聞いたことあります。水晶玉で真実の愛を見てくれるんですよね」

近衛だが、貴族として夜会に参加しているカークが言う。

「でも高いんですよ。一回五〇〇ルビン」

カークはエルダの同僚の近衛騎士。元々チャラい遊び人だったので、女の子の好きそうなトレンドに詳しいのだ。

「真実の愛について占ってくれるんですって。興味あるわ」

ラナがうっとり言う。

「ふん。くだらない。占いなどという非科学的なものを信じるなんて馬鹿げている」

王太子のバシリウスは乙女たちの憧れを一蹴する。

レジーナ王女は、孤児院を訪問した際に出会った占い師を思い出した。

（あの人も机に水晶玉を載せていたわね。でも金額が違いすぎるから別人かしら）

きっと昨今の流行に乗った便乗商法なのだろう。

（南に行くなって……南方にあるネバンドリアに嫁ぐのに……縁起でもないわ）

占い師に言われたことを思い出す。気にしないようにしていても、正直あまり気分の良いものではない。

レジーナ王女の横でエルダは会場をキョロキョロと見渡していた。

（ダリウス殿下……遅いな。もしかして今日は来ないのかな）

ダリウスが気になって、そわそわしてしまう。レジーナ王女たちの会話が頭に入ってこない。

結局いつまで待ってもダリウス王子は現れず、レジーナ王女も退場し、その日の任務は終了となった。

つまらない気分になったエルダは一人庭に下りると、あてもなくぶらぶら歩き、噴水のところに出る。

キラキラ光る水しぶきを眺めていたら、初めて出会った時のダリウスを思い出した。噴水で足を冷やしていたら突然現れた第二王子。

「会いたいな……」

思わず漏らした自分の呟きにエルダは苦笑する。昼間も護衛でずっと一緒にいるのに。

「――今日は靴を脱いで水遊びしないんだね」

不意に背後から声がして、エルダの肩がビクリと跳ねた。

「で、殿下！」

「財務長官と一緒に資料を見ていたら、ミスを発見しちゃって……遅くなった」

ダリウス第二王子が夜目にも眩しい白金の髪を揺らし現れた。

「べ、別に。いらっしゃらないのに気がつきませんでしたわ」

――嘘ばっかり。ずっと気になっていたくせに。悪態をついてしまう自分の口が恨めしい。こんなことを言いたいんじゃないのに。

「え……と。殿下……先日のお菓子とても美味しかったです。あ、ありがとうございました」

ダリウスの顔がぱあっと明るくなる。

「本当に？　そう言ってもらえてすっごく嬉しいよ！」

喜んでエルダのほうに近づいてきたダリウスは突然足を止めた。視線はエルダの髪の毛に釘付けになっている。

「え……それ……」

ポンパドールのハーフアップにしたエルリアーナの長い髪に結んであったのは――ブルーグリーンのベルベットのリボン。

ダリウスが贈った菓子にかかっていたあのリボンだ。ダリウスは信じられない思いで目を瞠った。

「あのリボンを……髪につけてくれたの……？」

「……っ……た、たまたまですっ！」

本当は全然「たまたま」ではないのだけれど恥ずかしくて、必死で言い訳をする。

「ちょうどこのリボンがあって……それで、今日のドレスのクリーム色にも合うし、便利だしいいかなって……それで……」

不意に視界が何かに遮られたかと思ったら、次の瞬間目の前にダリウスの硬い胸板が現れ――抱きしめられていることに気づいた。

（…………………!!）

エルダは頭の中が真っ白になり咄嗟《とっさ》に身動きができなくなる。胸の鼓動だけがやけにうるさい。

「すっごく嬉しい！　……エルリアーナ」

エルダの髪に顔を埋め、喜びを炸裂させるダリウス。天使のように可愛い第二王子の腕は予想に反して逞《たくま》しく、エルダが暴れてもビクともしない。

「は、は、離して下さい！」

スッポリと第二王子の腕の中に閉じ込められてしまい、真っ赤になってジタバタする。

「あ、ごめんね。つい嬉しくって」

ダリウスは申し訳なさそうに、でも名残惜しそうに腕を緩めた。

「でも本当に夢みたいなんだ。君がブルーグリーンを身につけてくれるなんて！　ありがとう、エルリアーナ」

ブルーグリーンの瞳が喜びで、晴天の海のようにキラキラと輝いた。

「…………っ」

その笑顔があまりに眩しくて…………いても立ってもいられないほどパニックに陥ったエルダは、

「きょ、今日はこれでし、し、失礼します！」

と叫ぶなり走り去ったのだった。

「エルリアーナ……相変わらず走るの速いなぁ」

腕に残るエルリアーナの感触の余韻に浸りながら、走り去る後ろ姿をぼんやり眺めていたダリウスはふと気づく。

（……あれ、でも馬車が停まっている方向と全く逆だけど。どこに行くつもりなんだろう）

夜会の招待客は王宮の正門付近に馬車を停めてあり、そこから乗って帰るのである。エルリアーナは逆に王宮の庭園の奥深くに入っていったのだ。

「夜だし、庭園の奥を一人でうろつくのは危ないな」

エルリアーナを心配して後を追ったが、あずまやにも、薔薇園にも、池の周りにも、騎士団の演習場にもエルリアーナの姿はなかった。

「おかしいな。どこかで行き違いになったのかな」

招待客が王宮内の地理に詳しいはずがなく、その辺で迷子になっているかと思ったのだけど。ダリウスは夜会の会場に引き返すと、カークとアランを呼んだ。

「君たち二人に臨時の任務を頼みたいんだけど」

「えぇー、毎回言ってますけど僕たち今プライベートタイムでして」

「エルリアーナを庭で見失ったんだ。庭で迷子になっていると危ないから、探し出して彼女が馬車に乗るのを見届けてくれないか？」

カークとアランは顔を見合わせる。

「明日の午前中は休みにしていいよ」

「「承知いたしました！」」

夜会会場を後にしたカークとアランは庭を捜索なんかせず、真っ直ぐ騎士の宿舎に戻る。

そしてエルダの部屋のドアをノックすると、果たして彼女は部屋にいた。

「エルリアーナが庭の奥深くに入っていったから、パトロールしろって言われた」

「お前、騎士宿舎に入るところ殿下に見られないよう気をつけろよな」

「そうだよバレたらどうすんだよ～」

「ってことで、俺たち今広い庭園を捜索してることになってっからよろしく」

エルダは二人から事情を聞き、礼を言った。

「…………わかった。二人ともありがとう。おやすみ」

さて、エルリアーナを捜して庭園中パトロールする代わり、明日の午前中は休みが与えられ、且つエルリアーナは無事なのでパトロールする必要のない二人がどうしたかというと……

「まあ飲め」

「おう、俺の部屋からも一本持ってこよっか」

仲良く酒盛りを始めたのである。明日は午前中オフだから。

「だ・か・ら～エルリアーナはマッチョが好きなんだってよ。へへ」

「マッチョはお前だけじゃないだろうが！　それに俺が殿下から聞いた話では黒髪で、強面で笑わない人だって」

「あ～、それともう一つあったな、なんだっけ……長剣を片手で振って体の軸がブレない男？」

「ははは。そんな奴近衛にいると思うか？　戦闘部隊でも指折りの実力者でない限り……」

「…………」

「…………」

カークとアランは同時に無言になる。

「なあ……なんか俺今、すっごく嫌なことに気づいちゃったんだけど」

「……ああ、俺もだ」

――いるではないか。彼らと同じ近衛隊に。黒髪で強面で笑わなくて、長剣を片手で振って体の軸がブレないガタイの良い騎士が。

「エイジャクス魔王クソ隊長……」

「言うなカーク!!　やめてくれ！」

「嘘だろ……じゃあエルダの好きな男って……」

なんてことだ！　二人は戦慄した。エルダの好きな相手はエイジャクスだったのか。

「許せん！」

「魔王に持っていかれるくらいなら、ダリウス殿下のほうが何倍もマシだ！」

「つか、魔王とエルダは両想いってことか？」

そうだった。

『エルダ・ラゴシュに手を出したら殺すぞ――』

カークとアランはエイジャクスに確かにそう言われたのだ。

「あん時の隊長の目はガチだったな……」

「俺マジで殺されるかと思ったもん」

「…………」

「…………」

カークとアランはあっさり降参した。

「なんだよ、売約済みかよ、ちきしょう」

「やってらんねーよ。飲めよアラン」カークが涙目で酒を杯に注ぐ。

「ああ、今夜はとことん飲もう……飲んで忘れて……今度合コンにでも行こうぜ」

「いいね、合コン。俺、侯爵家の侍女にツテがあるから聞いてみるわ」

「ダリウス殿下も可哀想になぁ……失恋仲間だと思うと親近感湧く」

「ほんとほんと、健気に筋トレまでして……無駄なのに」

こうしてカークとアランはその夜、酔い潰れるまで失恋の苦い酒を飲んだのであった。

「おはようエルダ。あれ、なんか顔色悪いね」

翌朝、上機嫌なダリウスの笑顔に迎えられたエルダは、目の下に見事なクマをこしらえていた。昨晩は全然眠れなかったのだ。ダリウスの笑顔と、抱きしめられた感触、耳元で囁く声が、頭の中で繰り返し再生されてしまって。

身体に腕を回されることなど、騎士の訓練中はよくあること。男性に全く免疫のない深窓の令嬢ならともかく、エルダはずっと男性に囲まれて育ってきたのだ。

でも……全然違うのだ。ダリウス王子が抱きしめる力は強いのにどこか優しい。肩を掴む手は大きくて熱かった。あんな風に誰かに抱きしめられたのは初めてで……。

以前ダリウスは「エルリアーナに触れたい」と言っていた。彼は昨晩のことをどう感じたのだろう。エルダはチラリと第二王子の顔を盗み見る。なんだか上機嫌で顔色も良いのがムカつく。エルダはドキドキしっぱなしで全然眠れなかったというのに。少々わざとらしいとは思ったが、あえて聞いてみる。

「殿下、昨晩の夜会はいかがでしたか？」

ダリウスは真っ赤になって、デレデレした。

「もう嬉しくって〜〜えへへへ」

「エルリアーナが僕のリボンを髪につけてくれた……あの地獄のような菓子の山と闘った

甲斐があったよ……もう菓子は一生食べたくないけど」

「良かったですね」

たかがリボン一本髪に結んだだけなのに、こんなに喜んでくれるなんて。エルダはなんともむず痒《がゆ》い思いがした。

「あまりに嬉しかったから……つい……衝動的に？　紳士らしからぬ振る舞いをしてしまったんだが……あ、そこは内緒だから教えないよ。ふふ」

（知ってるけどね）

……というか、そこの感想を聞きたいのである。

「わざとじゃなかったんだよ？　エルリアーナのこと怖がらせてしまったかなぁ。嫌われてないといいんだけど」

（ふむ。意図してやったわけではないのか……）

「やっぱり聞きたい？　いや、聞いて？　エルリアーナってさ……」

ダリウスは悩ましげな表情でため息をつく。内緒と言いつつ実は聞いてほしいらしい。

「抱きしめると柔らかくて、腕の中にすっぽり入ってさ、甘いお菓子みたいないい匂いがして、めちゃくちゃ可愛いんだよ!!」

そう言うとダリウスは机の上に置いてあったボロボロで薄汚れてて、臭そうなクマのぬいぐるみを抱きしめる。そして昨晩の感触を思い出すかのように目を閉じた。

（脚色しすぎでしょ！　私、筋肉質だから男みたいに硬いし、甘い匂いは……まあ実際にお菓子食べてたからかな？）

「はぁ……エルリアーナ。もう一回抱きしめたい。今すぐ抱きしめたい。ずっと抱きしめていたい」

クマのぬいぐるみに思いの丈をぶつけるダリウス。エルダは羞恥心でいたたまれなくなる。こんな生々しい本音を聞いてしまっていいものだろうか。

「不自然にならずに抱きしめる口実ってないかなぁ。ああ、もうエルリアーナが好きすぎてどうにかなりそう……僕は今めちゃくちゃ舞い上がってる」

そう言うとダリウスは真面目な顔でエルダに意見を求めてきた。

「ねぇ……エルリアーナは僕に抱きしめられて嫌だったかな。どう思う？」

エルダは考える。ダリウス殿下に抱きしめられた時、あの時自分は……

「嫌ではなくて……ただびっくりして……あ、頭の中が真っ白になっちゃって……それで……心臓がドキドキして……すごく……ドキドキして」

昨夜を思い出して、顔が赤くなってしまう。ダリウスの顔を見ることができずに俯いてボソボソと喋る。

「え……？」

「い、いえ……その……あくまで想像ですけど。多分そのような感じなのではと」

「…………。そ、そっか。ありがとう」

（エルダもあんな顔するんだな……）

エルダが見せた表情に、ダリウスは一瞬ドキッとしてしまった。

今まで少年のように思っていたのだけれど。エルリアーナの心情を語った時のエルダの顔は……『女の子』だった。

（そういえば、エルダも好きな人いるって言ってたっけ……）

あの顔は……きっと抱きしめられたことがあるのだろうなとダリウスは思った。その体験を思い出しながらの発言だったのだろう。

（そっか……エルダも女の子なんだな）

✦✦

「また怪文書が届いた――」

国王がなんともいえない表情でレジーナ王女に告げた。

「わ、私の婚姻に関してですか？」

一体誰がこの婚姻に反対しているのだろう。私は誰かから恨みを買っているのか？　レジーナ王女は震える手でその手紙を受け取る。中にあったのは前回と同じ筆跡で……。

『ネバンドリアの王太子とレジーナ王女との婚約は破棄したほうが良いと思う』

「…………」

「…………」

「こ、これは……脅迫文というより……」

「…………意見書……？」

「そうなのです」

王妃が困惑気味にこぼす。

「前回は明らかな脅しだったので、事件として扱い捜査していたのですけど」

「意見の場合、どう対応するべきか……」

「少なくともこの国では国民は自由に意見を述べる権利があるからなぁ」

調べたところによると、犯人は道端の子供に銅貨を渡し、王宮の門番に手紙を渡すよう指示したとか。その子供を捜し出し、どんな人に頼まれたのかを問い詰めたが、何も聞き出すことができなかった。

「この婚姻によってデメリットを被る人というのが思い当たらないのだ」

国王がお手上げというようにこぼした。

「一体誰の仕業なんだ」

「レジーナ様に恋慕の情を抱いている者の仕業ではないでしょうか？」

身に覚えがありすぎるエイジャクスはそう推察した。

「若い男性との接触をずっと禁じられていたのよ！　あり得ないわ」

そんなエイジャクスの気持ちも知らず、レジーナ王女は笑い飛ばす。

「では……先方の王太子のほうはどうだろう？　女性関係を調べてみては？」

王太子が提案した。この国の外務長官をネバンドリアに送り、あちらの王族と情報を共有する、同時に密偵を送り込んで調査させる、この二つの方法でひとまず対応することとなった。

「もし彼の国にこの婚姻に反対するものが大勢いるようであればレジーナはやらん」

国王の言葉に王妃と王太子も頷く。

「こっちのほうが国力は上なんだから、欲しければそれなりの環境を整えて出直せって言ってやりましょう、父上！」

「私の娘は絶対に幸せな花嫁にならなくてはダメよ！」

家族を持たないエイジャクスはこのやりとりを眩しそうに眺めていた。


「リボンをつけてくれたってことはさ～？　髪飾りも受け取ってもらえるんじゃないだろうか」

ある日、執務室で書類を読んでいたはずのダリウスが突然言った。

「はい？」

上半身を捻《ひね》る腹筋運動をしながら、エルダは顔を上げる。

「エルリアーナにだよ。髪飾りを贈ってもいいと思う？」

「え……と…………」

受け取ってもいいのだろうか。少し迷う。

エルリアーナという架空の存在が、これ以上王子と関わるのは、まずいのではないだろうか。そもそも自分の任務は、ダリウスが別のお相手を探す手伝いをすることだったはず。

「エルリアーナにブルーグリーンを身につけてもらって、言い寄ってくる他の男どもを牽《けん》制《せい》したいんだよ……」

「…………っ」

エルリアーナに対する独占欲を見せるダリウスに、エルダは心が浮き立つのを感じた。

「う、受け取ってもらえるのではないでしょうか。多分」

つい、肯定してしまう。

「そう思う？　そうだよね？　きっと受け取ってもらえるよね。よし、では今から買いに行こう！」

ダリウスは顔を輝かせてそう言うと、ウキウキと立ち上がった。

「エルダ、選ぶの手伝ってくれる？」

こうして二人は城下に下りて、エルリアーナへの贈り物を探すことになったのだった。

王都の中心部にある賑《にぎ》やかな商業地区。石畳の円形広場を囲むように様々な商店が並ぶ。

王家の紋章が付いた馬車が停まると、目ざとく見つけた野次馬が群がる。中から第二王子が登場すると、歓声があがった。

「ダリウス王子！　こっち向いて下さい〜！」

「殿下！　ぜひうちの店にお立ち寄りを」

「ダリウス様、うちの赤ん坊を見て下さい」

ダリウスは慣れた様子でにこやかに手を振り、所々でお年寄りや子供に話しかける。

カロニア王国の国民はおおむね王族に対して好意的だ。特に二人の王子は若い娘たちのアイドルのような存在と言っていいだろう。国王陛下譲りの白金の髪と、妃殿下譲りのブルーグリーンの瞳の第二王子。別格のオーラを放つダリウスを前に皆興奮気味だ。

「ダリウス様〜！」

「キャッ！　触っちゃった！」

「わぁー髪の毛サラサラ」

「握手して下さい〜！」

あちこちから手が伸びてきて、ダリウスを触ろうとする。

「こら！　そこ！　髪の毛をむしらないで！」

「あなたも！　許可なく触らない！」

護衛であるエルダが猿の群れのような女の子たちを追い払う。

（まさか女性から殿下を守るための護衛が必要だとは思わなかった）

可哀想に、ダリウスはもみくちゃにされている。

「もうそろそろいいかな……？」

キラキラの王子スマイルを顔に貼りつけたまま、ダリウスは小さく呟くと、突然エルダの手を摑み走り出した。国民へのサービスタイムは終了。これから先はプライベートタイムだ。

（エルダの手、小さいな。ふふ……剣ダコがある……よくこんな小さい手で剣なんて握ってるな）

赤い髪をなびかせて隣を走るエルダを盗み見る。

（それにしても……女性なのに足速いな。さすがは騎士だけある）

二人は猛スピードでいくつかの路地を走り抜け、無事人々をまいた。

ダリウスは宝石店の前で足を止める。以前エルリアーナのためにネックレスを作らせたあの高級宝飾店だ。エルダがギョッとしてダリウスを止める。

「で、殿下！　あまり高価なものは受け取ってもらえないかもしれませんよ」

「え……でも安物だと僕の本気が伝わらないんじゃ」

「と、とにかく、高級すぎるものはやめましょう‼」

大人しくエルダのアドバイスに従うダリウス。

「うん。そうだね。また他の令嬢にあげて下さいなんて言われたら困るもんね」

……第二王子、ちょっぴり根に持っているようだ。

庶民向けのアクセサリーを扱う小さな店に入ってみた。やる気のなさそうなお婆さんが店番をしている。

「色んな形のものがあるんだね。僕、女性の髪飾りなんてよくわからないよ。エルダはどんなのがお勧め？」

「申し訳ありません。私も全然わかりません。持っていないので」

「えっ！　髪の毛長いのに。一つも持ってないの？」

「はい。いつも荒縄で適当に括っています」

「…………」

エルダの女子力の低さにダリウスは絶句した。

簪《かんざし》のようにまとめ髪に刺すタイプのものや、ブローチのように留金で挟むタイプ、コーム型、カチューシャなど様々な形状の髪飾りが所狭しと並ぶ。ダリウスは一つ一つ手にとって眺め、首を捻る。

「実際につけた感じが想像できないな……エルダ、ゴメン。ちょっと髪の毛貸してくれる？」

そう言うと、つ……と手を伸ばし、エルダの髪に髪飾りをつけてみた。

「ああ、こうやって髪をまとめる仕組みになってるのか。なるほど～」

ダリウスは次から次へと髪飾りを手にとってはエルダの髪につけた。エルダの耳の後ろからそっと指を入れて髪を掬《すく》い上げ髪飾りでまとめて留める。

「………‼」

ダリウスの骨張った大きな手が優しくエルダの髪をかきあげ、後頭部を這う。

思わずゾクっとして、エルダは心の中で悲鳴をあげた。動悸《どうき》が激しくなり、頬に熱が上る。

(指先が触れるだけで、どうしてこんなにドキドキするのだろう)

エルダは真っ赤になって石のように固まった。恥ずかしくて、くすぐったくて、もどかしい……そんな気持ちに戸惑う。

髪の毛で遊ぶのが楽しくなってきたダリウスは、ノリノリでエルダの髪をクルクルと器用にねじってまとめた。コーム型の髪飾りを複数挿し、ダリウスは満足そうに頷く。

「うん。可愛い。なんだか女の子がオシャレに夢中になる気持ちが少しわかる気がする。僕、なかなかセンスがいいと思わない？　ほら」

そう言うとエルダを鏡の前に立たせた。鏡越しにダリウスのブルーグリーンの瞳とエルダのアメジストのような紫色の瞳が合う。

「〜〜〜〜!!」

エルダは耳まで真っ赤だ。

(へぇ、綺麗な瞳の色だな……ん？　あれ？)

いつもは前髪が顔にかかっていてよく見えないエルダの瞳を、初めてじっくり見たダリウスは、ふと心に何かが引っかかった。

(紫水晶のような瞳……)

この瞳をどこかで見たような気がしたのだ。…………どこだったか。気のせいか？

その後もダリウスは髪飾りをエルダの髪につけては外した。最後に店の片隅にあった、ブルーグリーンのガラスの花があしらわれたバレッタを、ハーフアップにしたエルダの髪につけた時、ダリウスは感嘆の声をあげた。

「うわ、これ映える！　綺麗！」

エルダの真紅の髪色に明るいブルーグリーンの髪飾りはとても綺麗に映った。鮮やかなコントラストがとても可愛らしい。

「いいな、これ。一番気に入った。これをもらおう」

ダリウスは即購入を決め、店員を呼んだ。

エルダの髪から外して、店員に手渡した時、ダリウスはハッと気づく。エルリアーナの髪は金髪だったということに。赤とブルーグリーンのコントラストが映えるのはエルダの髪であって、エルリアーナではない。

エルダの髪にあまりに似合っていたので、いっそのことエルダにプレゼントしようかとも思ったが、考え直した。自分の色を贈るのはまずいだろう。だってエルダには好きな人がいるのだから。

そのことを残念に感じている自分にハッとし……ダリウスは慌ててその考えに蓋をした。

無事に髪飾りを入手し、二人は店を出る。

「せっかくだから街を見て回りたい。もう少し付き合ってくれる？」

「はい。承知しました」

エルリアーナに軽蔑されないため、という極めて不純な動機で仕事を頑張り始めたダリウス。これまで適当に眺めるだけだった書類や資料も、真面目に目を通すようになると案外興味深いことに気づいた。

つい数日前にも王都が抱える様々な問題の報告書を読んだばかりだ。治安、衛生、公正な商取引……王都にはまだまだ改善しなくてはならない部分が多い。城下に下りたついでに、現状を自分の目でも確認したい、とダリウスは考えた。

王都の中心にある円形の広場。その広場をぐるりと囲むように、カルマン百貨店や高級ホテルなど風格のある店舗が立ち並ぶ。広場からは放射状に通りが何本も延びていて、真北に延びる一際大きな通りは王宮へと続いている。広場の北側は行政機関や貴族のタウンハウスなどが点在するエリアだ。

商業地区は南側一帯にあたる。賑わっている通り、寂れている通り、再開発が予定されている通り……ダリウスとエルダは歩きながら一つずつ見て回った。

「兄上の再開発計画に賛成したけど、既存の店舗の地下に貧しい人たちが住んでいるとは知らなかった……あの人たちどうなるのかな。書類上ではわからないこと、色々あるんだね。勉強になるよ」

「殿下、この辺り街灯が少なくありませんか？　私がスリだったら間違いなくこの辺りに逃げ込みますね……」

「このエリアは警備隊のパトロール頻度を上げたほうがいいな。今度提言してみよう」

自分の足で歩くことで、この街が抱える問題を肌で感じられた。王宮の中で臣下の報告を聞くだけでは見えない課題や発見。思いもかけず有益な視察になり、ダリウスは深い満足を覚えた。

「本当にこれまでの僕は子供だったんだな。王族としての責務も果たさず、ただ家族に守られてぬくぬくと過ごすだけで……エルリアーナに軽蔑されて当然だ」

ダリウスは眉を下げて、肩をすくめた。

「エルリアーナにビシッと言ってもらえて良かった……いつか彼女に認めてもらえるよう頑張らないと……」

そう自分に言い聞かせるように呟く第二王子の顔はなんだか大人びて見える。いつもとは違うダリウスに、エルダはちょっぴりドキドキした。

二人がやや寂れたエリアに差しかかった時……

「――お兄サン、占いやっていかナイかい?」

ヴェールを被った女がダリウスに声をかけてきた。言葉に独特の訛りがある。

ヴェールには宝石がたくさんついていて、エキゾチックな雰囲気を醸し出していた。

道端にテーブルと椅子を置いて営業している占い師。手書きで『占い』と書いた看板を直接地面に置いている。派手な柄の布を被せたテーブルの上には水晶玉。

「アンタの真実の愛ドコあるか見てアゲるよ」

「本当か？」

ダリウスが興味を示す。恋をしていると占いに興味が湧くのは世の常である。

「それはぜひともお願いしたい！」

「占い料は一回八〇〇ルビンネ」

ベールを被った女はダリウスをジロジロと眺め回すと、身なりから金持ちと踏んだのか、高い料金を吹っかけてきた。王族相手にそんなことをするなんて。

（第二王子の顔を知らないのか……⁉）

エルダは驚いた。少なくとも王都の生まれ育ちではないのだろう。

世間知らずのダリウスに代わってエルダが値切り、四〇〇ルビンでめでたく交渉が成立した。占い師が異国の言葉で店の奥に声をかけると、長い髪で顔を隠した男性が出てきて、お釣りを出した。なんとなく怪しいと感じてしまうのは気のせいだろうか。

エルダは夜会でラナやカークが噂していた占い師のことを思い出した。カークは五〇〇ルビンだと言っていたから同一人物なのかもしれない。

ダリウスはワクワクしながら占い師と向かい合わせに座った。エルダは目を凝らしてヴェールの女を観察する。よく見れば、宝石はヴェールに縫いつけてあるのではなく、タイピンを布に留めてあるだけだった。ネックレスもカフスボタンを紐《ひも》で繋《つな》いだものだ。

（変わったアクセサリー使いだな……）

占い師はダリウスの顔をジロジロ眺めた。

「お兄サン今悩みを抱えてイルわかる」

「おお！　その通りだ！」

自分の秘密を見事当てられて（？）素直なダリウスは感動した。

「目でミルダメ。心でミルイイ。耳で聞くダメ、心の声聞くイイ。そうすれば真実の愛が手にハイルね」

「つまり僕は想い人を手に入れられるのか？」

疑うことを知らない素直なダリウスは、神妙な顔をして怪しげな占いに耳を傾ける。真実の愛を手に入れられると言われ、帰りの馬車の中では上機嫌だった。

「あんなインチキ臭い占い、よく信じる気になれますね」

エルダは呆れる。

「危うくぼったくられるところでしたよ」

「いや、よく当たっていた。あの占い師は本物に違いない。占ってもらえた僕はツイている」

すっかり信じきって、心酔しているダリウス。

「えー！　……なんだか胡散《うさん》臭いコンビだったと思いますが」

「うーん……」

ダリウスが何かを思い出すように首を捻った。

「あの占い師、ベールにたくさんタイピンをつけてただろ？」

「はい。ついてましたね」

「あんな寂れた場所で商売してるのにさ、あのタイピンについてる石、全部本物の宝石だったんだよね」

エルダはキョトンとしてダリウスの顔を見た。「え？」

「タイピンもカフスも、全部僕や兄上が持ってるような高級品だったよ。間違いない」

「たかが占い師がそんな高価な宝石を所有しているはずが……」

「でも盗品ならすぐに足がつくはずなんだよね……」

何者なのだろう。怪しすぎる。エルダが頭の中であれこれ推理をしていると、ダリウスがにっこり笑って、小さい包みを差し出した。

「エルダ、今日は買い物に付き合ってくれてありがとう。はい、これは君にお礼」

「私にですか？　開けてみても？」

中には白い髪飾りが入っていた。エルリアーナへのプレゼントを買った時に、ついでに購入したもの。無彩色である白は誰の色でもないから、他に好きな人がいるエルダに贈っても問題ないだろうと思って選んだ。白い騎士服にもマッチしている。

「女の子なのに荒縄じゃあんまりだからね」

「ありがとうございます殿下！　生まれて初めての髪飾りです」

ダリウスからのプレゼントはとても嬉しかった。エルリアーナにではなくエルダに買ってくれたのだから。

でも……。

『自分の色を纏う……間接的に自分が触れている感じがしてグッとくるんだよ』

以前のダリウスの言葉を思い出す。

ダリウスの色であるブルーグリーン。エルダに贈られたのは白い髪飾りだ。

エルダには白でエルリアーナにはブルーグリーン。

（殿下が触れたいのはエルダではなく、エルリアーナなんだ……）

わかっている。そんなことわかっている。けれど………。

エルダは自分の髪に触れた時のダリウスの指の感触を思い出し、胸がギュッと苦しくなった――。

物思いに耽《ふけ》るエルダを見つめながら、ダリウスもまた何かを考えているようであった。

「あの……さ。エルダ、香水とかつけてる？」

「え？　香水ですか？　まさか」

「そう…………」

髪飾りをつけるためにエルダの髪の毛をかき上げた時、ふといい匂いがしたのだ。甘い、お菓子のような香り。

そう……エルリアーナを抱きしめた時に嗅いだあの甘い香りが――。

✦

エイジャクスはおろおろしていた。

閉ざされた扉の内側から、グスンと……レジーナ王女が鼻を啜《すす》っている音がするからだ。

これは一大事である。

（レジーナ様が泣いておられる？）

その日の午前中、レジーナ王女はお妃教育の講義を受けた。その講義が終わってからずっと塞ぎ込んでいるのだ。

ドア越しに漏れ聞こえた講義内容は、『閨《ねや》教育』。エイジャクスも思わず耳を塞ぎたくなるくらい不快なものであった。

王妃となる者の最大の任務は後継者を残すこと。特に政略結婚の場合、その後の両国の関係にも大きく影響する。たとえ愛情がなくても、疎まれても、周囲に邪魔をされても、なんとしてでもお世継ぎを産む。そのための極意……これが閨教育の中身だ。

相手の王太子がどんな人物かもわからない、味方もいない異国の宮廷。レジーナ王女の不安は察するに余りある。エイジャクスが密かに心を痛めていると、不意に扉が開いて王女が顔を出した。

「エイジャクス、悪いのだけどダリウスのところに行ってエルダを数時間借りてきてちょうだい」

ようやく顔を出したレジーナ王女が自分ではなくエルダに頼ろうとしていることに、エイジャクスは密かに傷つく。自分ではダメなのだろうか。絶対に秘密は漏らさない自信はあるのだが。

「それは……どういったご用件で？　お、恐れながら……レジーナ様の今の護衛は私であります。私には務まらない役目なのでしょうか？」

泣き喚《わめ》いてもいい、当たり散らしてもいい。自分に全てぶつけてほしい。レジーナ様の苦しみは全て自分が代わりに背負いたいのだ。そして王女自身には誰よりも幸せになってほしい。

レジーナ王女は一瞬キョトンとエイジャクスを見つめ、眉を下げて言った。

「ごめんなさい。そうよね、あなたに失礼だったわね。ちょっとエルダ相手にお芝居ごっこをして現実逃避しようと思っただけ」

「そのお芝居ごっことやらは私ではダメなのでしょうか」

「ありがとうエイジャクス。でもたとえお芝居の恋愛ごっこでも男性が相手だと、あらぬ噂を立てられるわ」

レジーナ王女はふふ、と笑って、

「代わりに庭園を散歩するから付き合ってくれる？　恋愛ごっこはこのクマのぬいぐるみ相手にするわ」

エルダにもクマのぬいぐるみにもできることが自分には許されないなんて。エイジャクスはもどかしかった。レジーナ王女のことを一番想っているのは自分なのに。

レジーナ王女はクマのぬいぐるみを抱えたままゆっくりと庭園を進む。少し離れてエイジャクスがそれに続いた。

広大な王宮の敷地内にはいくつかの離宮が存在する。何代も前の国王が側室のために建てた館だ。

その中の一つに通称『向日葵宮《ひまわり》』と呼ばれる建物がある。その名の通り、見事な向日葵が咲き乱れる離宮。今は住む人もなく、無人だ。二階建ての煉瓦《れんが》造りで、向日葵が映えるように外壁を白く塗ってある。一階の入り口付近が大きな軒のあるポーチになっていて、二人掛けのブランコが設置されている。ポーチに絡まる蔦の葉はブドウで、向日葵が終わって秋になると甘い実をつけるのだ。

レジーナ王女は憂鬱な気分を吹き飛ばすため、向日葵を見に行くことにした。

「まぁ！　可愛らしい向日葵だこと！」

太陽に向かって咲き誇る鮮やかな黄色い花はまるでニコニコ顔の元気な子供のようだ。

（でも私は産むだけで、子供の笑顔を見ることは叶わないかもしれないけど）

きっと産んだ子の育児は乳母に任されるだろう。憂鬱な気分を吹き飛ばしに来たのに、またしても嫁いだ後のことを考え、気分が暗くなってしまった。

『お世継ぎ製造マシーン』としての生活が待っているのだ。もし子供ができなかったら……と思うと、プレッシャーで胃が痛くなりそうだ。

愛し愛された男性と結ばれて、可愛い子供たちに囲まれて暮らす……そんな生活にレジーナは憧れる。それは王女という身分に生まれた彼女には決して叶うはずのない夢だった。

「先ほどの」

エイジャクスがポツリと言う。

「王子様の芝居……ここなら誰かに聞かれることもありません。セリフだけで、触れたりしなければ、遠目に見ても誤解されることはないかと……」

「エイジャクス……?」

「私では力不足でしょうが……レジーナ様の憧れのセリフを……頑張って演じさせていただきますので」

（エルダの代わりに芝居ごっこに付き合ってくれようとしているのね）

レジーナはエイジャクスの気遣いが嬉しかった。顔は怖いし、口調もぶっきらぼうなエイジャクスが！　王子様っぽさは全くないけど。

「じゃあ……『男の子でも女の子でもどっちでもいいよ。君に似た可愛い子ができるといいな』って言ってもらえるかしら。ふふ」

「!?　これは……その……れ、恋愛の芝居ではなかったので?」

「憧れの子供ができる設定よ。だって……私、自分の子を育てるのが夢なんですもの。あ、言いづらかったらセリフを変えても良くてよ。アドリブを入れても」

「で、では――」エイジャクスがコホンと咳《せき》払いする。

「『お、男の子でも女の子でもどっちでもいい。君に似た子なら絶対に可愛いに決まっている。宝物のように大事にする……』」

「まあ！　素敵なアドリブだわ。次は『君と温かい家庭が築きたい』と『何があっても君とこの子を守っていきたい』って言って」

（エイジャクスにお芝居ごっこの才能があるとは意外だったわ）

いつもは無口なエイジャクスがお芝居ごっこに付き合ってくれたことに驚く。

「『き、き、君が築く家庭は絶対に世界一温かくて居心地のいい家庭だ。俺は……何があっても君と子供を守る。幸せにする。だ、だって……君は僕の太陽だから』」

口下手なエイジャクスはプライベートでこんなセリフは絶対に言えないタイプだ。内心、顔から火が出そうだったが、必死に耐えた。

ましてや彼は孤児なのだ。『家庭』も『夫婦』も『親子』も知らずに育った。イメージなど摑めるはずがない。

でもレジーナ王女のためならばと一生懸命考えた。想像した。もし自分とレジーナ様が夫婦だったらと。

顔を赤らめ、額に汗を浮かべつつも、エイジャクスは真っ直ぐにレジーナ王女の目を見てセリフを口にした。告げることは永遠に叶わない本心を芝居に織り交ぜながら。

エイジャクスの演技が迫真すぎて……。自分を見つめる強い視線にレジーナの心臓が跳ねる。

「…………」

「…………」

――これが現実だったら……どんなに幸せだっただろう。

レジーナ王女とエイジャクスは同時に心の中でそう思った。

（政略結婚、嫌だな……行きたくない）

レジーナ王女の目に涙が滲《にじ》む。うっかりクマのぬいぐるみを地面に落としてしまった。

「あ、ご、ごめんなさい。ちょっと頭の中がぐちゃぐちゃで……」

慌てて目元を拭う。

最愛の人が目の前で泣いている……。エイジャクスはレジーナ王女が気の毒で胸が痛んだ。うっかり抱きしめてしまいそうになり、伸ばしかけた手を慌てて引っ込める。護衛という立場を逸脱するわけにはいかない。

無言のままクマを拾い上げたエイジャクスは、黒子のように後ろからクマの両腕を持ち――

レジーナ王女の顔の前でクマが『おいで』をした。

エイジャクスと同じ、騎士の服を着たクマ。呑気《のんき》な顔をしてレジーナ王女に向かって短い両腕を広げている。王女がそろりそろりと近づくと、クマはモコモコした短い腕で優しく受け止めてくれた。

「ありがとう……エイジャクス」

向日葵が見守る中、レジーナ王女はクマのぬいぐるみの胸に顔を埋めて泣いた――。

# 第四章　初めてのキス

「エルリアーナ、これを君に……」

おずおずと差し出された小さな包みの中に入っているのは、先日エルダと一緒に選んだブルーグリーンの髪飾り。

いつもの夜会、そしていつものバルコニーで、ダリウスは最愛の女性にプレゼントの髪飾りを差し出した。

「ありがとうございます。嬉しいです」

「受け取ってくれてありがとう。つけてもいい？」

ダリウスは髪飾りを手に取って、エルリアーナの髪にそっと留める。金色の髪にブルーグリーンのガラスの花は無難に馴染んだ。

ふと脳裏に自分の護衛騎士の赤い髪色が浮かぶ。真紅の髪とブルーグリーンの髪飾りの鮮やかなコントラストが息を呑むほど美しくて——。

……なぜか後ろめたさを感じ、ダリウスは慌てて心の中の映像を打ち消した。

「いつも私ばかり色々な物を頂いて、なんだか申し訳ない気持ちです」

恐縮するエルリアーナを見たダリウスは、恭しくお辞儀をすると片手を差し出した。

「では、僕と一曲踊ってもらえないだろうか」

「……ダンスですか？　で、でも私踊れなくて」

悲しいことにエルダは男性パートなら踊れるが、女性パートは踊ったことがない。

「ちゃんとリードするから大丈夫だよ。……それとも、僕と踊るのは嫌かい？」

「そ、そんなことはありません」

エルダは覚悟を決めて手を差し出した。

「エルリアーナ、手の向きが逆だよ」

「…………！」

うっかり、いつものクセで男性の動作をしてしまった。

エルリアーナの手を取り、バルコニーから大広間に移動する。

（あれ……？）

ダリウスは心に引っかかりを覚えた。エルリアーナの小さな手……。

（なんだろう、この違和感？　この感触……どこかで）

何かに気づきそうになったものの、大広間に入ってエルリアーナの腰を抱き寄せた途端、思考が全て吹き飛んでしまった。

これまでダリウスはダンスが大嫌いだった。女性が苦手なダリウスにとって、ダンスは苦行でしかない。猛獣のような令嬢たちは曲が終わっても必要以上に身体を密着させ蛭《ひる》のようにへばりついて離れず、まさに恐怖体験だった。

しかしこの晩、ダリウスはダンスに対する自らの認識を改めた。

（うん。ダンスは人類最大の発明だ）

掌《てのひら》に伝わるエルリアーナの感触。間近に見えるエルリアーナの長い睫毛。クルッと回る度に広がる甘い香り。耳元で聞こえる可愛らしい声。

（ずっとこの腕の中に閉じ込めておきたい……）

まるで天国にいるようだ。愛しさが込み上げて、何度もステップを忘れそうになった。

一方エルダも——。

自分の手をすっぽり包み込むダリウスの大きな手に胸が高鳴った。いつも体術の訓練でゴツい騎士を相手にしている時はなんともないのに。

何もかも初めての体験だった。女性のパートを踊るのも、踊りながらこんなに女性らしい気持ちになるのも。

社交ダンスではリードするのは男性の役割だ。進む方向も回るタイミングも全て男性が決め、女性は男性のリードに身を預けるだけ。ずっと男性と対等に、自分の足で踏ん張って生きてきたエルダだったが、ダリウスの腕の中は思いのほか心地よく、無意識に甘えるように身体の力を抜いてもたれかかってしまった。

うっとりした気分のままふと顔を上げると、熱っぽく見つめるブルーグリーンの二つの瞳と目が合う。途端に無性に恥ずかしくなって顔にカッと熱が上った。

「うっ……！」

「ふ……エルリアーナ、可愛い……」

「～～～～!!」

耳元に響く低い声にゾワッとし、耐えきれずに俯く。

（どうしよう……何これ……）

心臓をギュッと摑まれたように胸が苦しい。ゾワゾワとドキドキが止まらなくて涙が出そうだ。

やがて音楽が止まり、踊っていた人たちはダンスをやめて優雅にお辞儀をする。

（あ、終わっちゃう……もっと踊っていたいな………）

ダリウスが手を離して一歩後ろに下がった瞬間感じた寂しさに、鈍いエルダも自分の恋心を自覚せざるを得なくなった。

（どうしよう……私……ダリウス殿下のこと好きになっちゃったんだ……）

ダンスの余韻冷めやらぬまま、エルダはダリウスが持ってきてくれたお酒をちびりちびりと飲みながら戸惑っていた。だって恋愛に免疫がないばかりでなく、女の子としても初心者なのだ。どうしたらよいのかわからない。

「エルリアーナ……今度はドレスを贈りたいんだけど、受け取ってもらえるかな？　僕色のドレスを着た君を見てみたいんだ」

ブルーグリーンのドレス。全身をダリウス色に包まれる……なんて素敵なんだろう。それを見たら殿下は喜んでくれるだろうか。ブルーグリーンのドレスを着た自分をどんな目で見つめてくれるのだろうか。想像しただけで、胸がときめく。

「君の家に届けさせるから、住所教えてくれる？」

「っ………!!!」

その一言が、エルダを一気に現実に引き戻した。

（私のバカ!!　そんな夢みたいなこと……無理に決まってるじゃない！）

エルダが住んでいるのは王宮内の近衛兵の宿舎だ。エルリアーナは存在しない架空の人物なのだから、住所も家族もない。お菓子や髪飾りと違って、ドレスは手渡しというわけにはいかないのだ。

（まずい……これ以上殿下と親しくなるとボロが出てバレてしまう）

「い、いえ、ドレスは……結構ですわ。お気持ちだけで」

「エルリアーナ……」

ドレスを受け取ってもらえないと知り、ダリウスは目に見えて落胆した。

（髪飾りを渡した時はいい感触だったのに……）

自分の色に包まれることを拒否され、耳が下がった犬のようにしょんぼりしてしまったダリウスを見て、エルダの胸は痛んだ。エルダだって、できることならばダリウスのドレスを着たいのだ。

「そういえば……」

ダリウスが思い出したように口を開いた。

「この前エルリアーナ、王宮の庭の奥のほうに走っていっちゃって心配したんだよ。今日はちゃんと家まで送るから」

「‼　じ、自分の家の馬車がありますので、し、し、心配はご無用ですわ」

「心配だからというのは口実で……もっと一緒にいたいだけなんだ」

いたずらっ子のような顔でダリウスが笑う。

「っ………！」

（いや、いや、いや、ときめいてる場合か私！　まずい。これはまずい……）

「わ、わたくしちょっとお化粧室へ行って参ります。そ、それで今日はそのまま帰りますわね。それでは失礼いたします。ご機嫌よう」

「え？　ちょ……待って！　エルリアーナ？」

エルダは一方的に挨拶をすると、化粧室めがけて走り去った。幸い化粧室には他に誰もおらず、ホッとする。

呼吸を整えながら、何気なく壁に掛かっている鏡を見ると……花を愛《め》でたり、お屋敷で刺繡をしていそうな、美しく着飾った令嬢がそこにいた。泥んこになって剣を振るったり、馬上からナイフを投げたりする騎士にはとても見えない。

「はは……我ながらよく化けたものだな」

エルダは乾いた笑いを漏らした。

（ダリウス殿下が好きなのはこの令嬢であって、自分ではない――）

本当の自分はダリウスに男性に間違われてしまうような護衛騎士なのだ。そう思ったらキリキリ胸の奥が痛んだ。

「しっかりしろエルダ！　夢見ている場合じゃないんだから！」

ペシペシと頬を叩いて騎士としての本分を忘れそうになっていた自分に活を入れ直す。

レジーナ王女のところで着替えるのは見つかるリスクが高そうなので、宿舎に真っ直ぐ戻ることに決め、化粧室を出ると、

「あ、いたいた。おーいエルリアーナ！　送っていくよ！」

ダリウスが長い廊下の向こうから声をかけてきた。エルダを捜して化粧室の近くで待ち伏せしていたらしい。

「ひっ!!」

（まずい）

エルダは聞こえないフリをして、廊下をどんどん進み、角を曲がる。

「おーい！　待ってー！」

追ってくるダリウスを振り切るように、エルダは全速力で王宮の廊下を走る。しかしこの角の先は行き止まり。追いつかれるのは時間の問題だ。

角を曲がったエルダは辺りに誰もいないのを確認すると——素早く二階の窓から外に飛び降りた。飛び降りた衝撃でイヤリングを片方落としてしまったが、ダリウスから逃げることに頭がいっぱいで気がつかない。

王宮の建物の陰にしばらく身を潜めた後、誰にも見つからないようにこっそりと近衛宿

舎に戻ったのであった。

エルダの後をゆるゆると追いかけていたダリウスは、角を曲がるとその場に立ち尽くした。彼女が忽然《こつぜん》と姿を消していたからである。

「？？」

廊下にある部屋のどこかに入ったのかと思い、一つずつドアを開けて探したが、どこにもいない。ダリウスはため息をつく。

（本当に野生のウサギみたいだな）

なかなか捕まってくれないエルリアーナ。ダンスの時は一瞬捕まえたかと思ったのだけど。彼女はわかっているのだろうか…………焦《じ》らされれば焦らされるほど想いは募るということに。

「追いかけられると恐怖を感じるけど、逃げられると追いかけたくなる性分だったんだな僕……」

エルリアーナの住所を絶対に突き止めてやる！　とダリウスは一人心に誓った。

「おはようございま……キャッ！」

ある朝エルダがダリウスの執務室のドアを開けると、衝撃的な光景が目の前で繰り広げられていた。

「んんん〜！」

ダリウスが汚いクマのぬいぐるみを両手で抱えて熱烈なキスをしていたのだ。

「で、殿下？　何を……」

「んんっ〜」

エルダが声をかけると、ダリウスが人差し指を立て『ちょっと待ってて』の合図をする。キスは続行中だ。

「んんんん〜」

「…………」

いつまでやっているつもりなのだろう。しかもあの汚らしいクマのぬいぐるみで。時々顔の角度を変えながらというのが妙に生々しい。エルダが呆れながら眺めていると、だいぶ経ってからようやくダリウスが顔を上げ、無駄にさわやかな笑顔でエルダを迎えた。

「ぷは〜!!　やあ、おはようエルダ！」

「何やってるんですか殿下」

「エルリアーナとキスする時のためのシミュレーションだよ」

「………!!」

バサバサ!!　動揺したエルダは書類を机の上から落としてしまう。

「な、な、何を……!!」

エルダは真っ赤な顔をしてわなないた。

（メ、メッチャ長いキスだったよね？　するつもりなのか？　あれを？）

「だって、キスが下手だってガッカリされたら嫌じゃない。何事も綿密な計画と準備が大切でしょ」

「か、か、彼女の許可なく、そっ、そそ、そんなことをっ……」

恥ずかしさのあまり思わずムキになって怒鳴ったら、ダリウスは頭を抱えて項垂れた。

「はぁ～。やっぱりいきなりでは嫌われちゃうかな。でも『どうぞキスしてもいいですよ』なんて言う女性はいないでしょ。どういうタイミングですればいいの、ねえ」

「し、知りませんよっ！」

「…………」

「僕はエルリアーナとキスしたいんだよう～！　したい、したい、したい……」

（ひぃいいい!!　もうやめてー！　何聞かされるの私）

「あのぽってりした小さな唇。あの柔らかそうな可愛いほっぺた。食べちゃいたくて気が狂いそうだった……あと、あのふんわりしっとりしたボリュームのある胸……むぐっ」

（きゃあああああ～～!!）

エルダは耐えられなくなり、クマのぬいぐるみを摑んでダリウスの口を塞いだ。色々と役に立っている、クマちゃんである。

「や、やめて下さい！　仕事しましょう殿下、仕事」

（エルリアーナの前では紳士的なくせに……）

赤裸々な男の本音が生々しすぎる。こんなものを毎日聞かされたのでは身がもたない。

でも、認めたくはないが……決して不快ではないのだ。

自分の恋心を自覚したばかりのエルダはダリウスの一挙一動にどうしようもなく胸がざわめく。気持ちを封じ込めようと決めたのに、ダリウスの一言でその決意が瞬時に崩壊してしまう。

（……キス……か）

顔を赤らめ、無意識に指で自分の唇にそっと触れる。

…………そんな自分をダリウスが密かに見つめていたことに、エルダは気づいていなかった。


「順調に筋肉がついてきましたねー殿下。見た目では騎士と遜色ないですよ」

筋トレの進捗状況をチェックしに来たアランから合格点をもらい、ダリウスはご機嫌だ。

「一番見てもらいたいのはエルリアーナなんだけどね。彼女の前で服を脱ぐ日なんて来るのだろうか」

ダリウスはこぼす。筋トレをやっている者というのは成果を誰かに自慢したいものである。

「ねえ、ねえ！　エルダ見てよ！　腹直筋が割れたと思わない？」

ニコニコしながら、ダリウスは服をめくってお腹を見せた。

「……っ！　……お、王太子殿下のところに資料を返しに行ってきます！」

エルダは顔を背け、そそくさと執務室を出ていく。

兄が三人もいるエルダは男性の裸など飽きるほど見てきた。騎士団でも夏場は大勢が上半身裸で宿舎をうろついている。それなのに。なぜだか恥ずかしくてダリウスの腹筋を直視できなかったのだ。

出ていくエルダの背中をぼんやり見つめながら、ダリウスはアランに問いかける。

「なあ、なんか最近エルダが綺麗になったような気がしないか？」

「ああ……」アランは不貞腐れたように吐き捨てる。

「きっとエイジャクス隊長に恋してるからですよ」

「え？」

ダリウスは一瞬自分の耳を疑う。

「しかも、エイジャクス隊長もあいつのこと結構マジみたいで。二人は両想いなんですよ」

ダリウスは鈍器で頭を殴られたような気がした。なぜだかわからないが、胸がモヤモヤする。

「エイジャクスとエルダが？　本当に？」

「はい。僕とカークなんて隊長に『あいつに手を出したら殺す』って脅されましたからね」

（殿下も可哀想になぁ。エルリアーナのために筋トレ頑張ったって、彼女の心はすでに魔王のものなのに）

アランは憐れむような目でダリウスを見た。エルダをエイジャクスにさらわれた者同士（？）として、勝手に第二王子に親近感を抱いている。

「殿下も……もっと他の貴族の令嬢とも交流されたほうがいいのでは？」

王子に対し、暗に（さっさと忘れて、次に行きなよ）というアドバイスをするアラン。

ダリウスは眉を寄せアランを睨む。

「なぜその必要が？　大体僕は女性恐怖症だ。エルリアーナ以外の女性と一緒にいるのは耐えられないから無理だよ」

「女性恐怖症ってことはないでしょう。エルダと毎日楽しそうに話していらっしゃるじゃありませんか」

そう言われてダリウスは考える。エルダと一緒に過ごす時間は心地よく楽しい。自分は女性恐怖症だと思っていたが、もしかしたら克服したのだろうか。

（いや……違うな）

夜会で令嬢たちに話しかけられると相変わらず顔が強張ってしまう。やはり苦手だ。

エルダだけが例外のようだ。ではなぜ彼女は平気なのか。

「エルダは……少年みたいなものだから。女性恐怖症の対象外なのかも」

無理やり理屈を付ける。自分で言っておきながらダリウスは薄々気づいていた。少年だと思っている相手に髪飾りを贈っている自分は本心を偽っているということに。

「――エルダは少年みたいなものだから、女性恐怖症の対象外なのかも」

資料を届けて戻ってきたエルダは、ドア越しに聞こえてきたダリウスの言葉に、凍りついた。

自分は殿下に女性として認識されていない――。わかってはいたが、実際にダリウスの口からそれを聞かされると傷つく。胸がチクチクと痛んだ。

その日、第二王子の執務室にはぎこちない空気が漂った。書類仕事を片付けるダリウスと、部屋の隅で護衛を務めるエルダはどちらも無言である。

（エイジャクスと付き合ってるのかな。告白したのか？　……どちらから？）

ダリウスはチラリとエルダを盗み見る。気になって書類の内容が頭に入らない。

（本当に本当なのか？　何かの間違いじゃないのか）

無意識に否定する根拠を探してしまう。

（いやいや、喜ばしいことじゃないか。僕だって散々エルリアーナのことを相談してるんだし、エルダの恋を応援してあげるべきだな）

そう自分に言い聞かせてみるものの、やはり胸の中がモヤモヤする。

一方のエルダは硬い表情のまま床を見つめていた。

（エルリアーナにはキスしたいけど、私のことは男だと思っているんだ……）

エルリアーナは自分なだけに、なんとも複雑な心境である。

そんな二人を嘲笑《あざわら》うかのように、ぬいぐるみのクマは呑気な顔をして机の上に鎮座していた。


「カーク、アラン。二人に頼みがあるんだ」

ある日、ダリウスは護衛の二人を呼びつけた。

「今晩の夜会が終わったら、エルリアーナのあとをこっそりつけて、住んでいる場所を突き止めてほしいんだ」

「…………‼」

横で筋トレをしていたエルダは固まった。

「…………」

カークとアランがなんとも言えない表情でエルダを見る。エルダの住まいは彼らと同じ、近衛の宿舎だからだ。

「ドレスを贈ろうとしたら遠慮するからさ、家に届けちゃおうと思って。あと、いずれはエルリアーナのお父上に正式にご挨拶に行かなきゃいけないんだし……」

ダリウスは真剣にお付き合いする気でいるのである。相手の家のことを知りたいと思うのは当然だろう。

「彼女、きょうだいはいるのかなぁ。いつか遊びに行きたいな。ふふ」

花束を持ってエルリアーナの自宅を訪れる。彼女の部屋へ案内され、お茶を振る舞われる……そんな楽しい妄想でダリウスの頭の中はいっぱいだ。

エルダは焦った。

「で、殿下！　エルリアーナ嬢には住所を教えたくない理由があるのかもしれません。それを勝手に調べるのはまずいのでは？」

まずい。これはまずい。なんとかダリウスに思い止《とど》まらせなければならない。

しかしダリウスはどこ吹く風といった様子である。

「家がとても貧しいとか、身内に問題のある人物がいるとか、実は貴族ではないとかでしょ。大丈夫だよ。僕の気持ちは変わらないし、彼女が困っているなら力になりたいんだ」

「あの～」

カークが口を開く。

「もし他に男がいたりしたらどうします？　あるいは既婚者で子持ちだったり。世の中には知らないほうがいいことも……」

ダリウスは盛大に眉を顰めた。

「カーク……君はまた碌《ろく》でもないことを。……人妻なら一人で夜会に来るはずないでしょ」

ダリウスとカークのやり取りを眺めながら、エルダはぎゅっと拳を握った。

エルリアーナに扮するのもそろそろ限界かもしれない。だんだん誤魔化しきれなくなりつつある。バレるのは時間の問題だろう。

(もしバレたら……)

エルダはその時のことを想像し、恐ろしくなり目を瞑った。

愛《いと》しいエルリアーナの正体が男みたいな騎士だと知ったら……。きっとダリウスはガッカリするだろう。そしてそこでこの恋は終わる。

それだけではない。騙していた自分を軽蔑し恨むだろう。護衛としての信頼も失うことになる。

(……もうやめよう。こんなこと)

そろそろ潮時なのかもしれない。バレていない今のうちに引くべきだ。今ならエルリアーナが消えるだけで済む。夜会に出なければいいだけだから簡単だ。

そうすれば少なくとも、ダリウスに恨まれることは避けられる。女性とは認識されなくても、護衛としてなら仲良くしてもらえる。


休憩時間になると、エルダは意を決して王妃の部屋へ向かった。

(王妃様とレジーナ様に、もうやめますって伝えなきゃ)

謎の令嬢エルリアーナは消える。ダリウスは悲しむかもしれないが、傷心の彼に心優しい令嬢をあてがえばいい。やがて新しい恋に発展するだろう。

廊下の窓から、大広間のバルコニーが見え、エルダはふと足を止めた。

『人気の菓子らしい。……自分のを買ったついでだ』

『夢みたいなんだ。君がブルーグリーンを身につけてくれるなんて』

『僕と一曲踊ってもらえないだろうか』

『可愛い……エルリアーナ』

ダリウスがくれた様々な言葉が頭の中でこだまする。鼻の奥がツンとして、目に涙が滲んだ。

この先の角を曲がれば王妃の部屋。なのに、足が地面に縫いつけられたように動かない。

ダリウス殿下が好きなのは騎士の自分じゃない。わかってはいるけど──

自分を見つめる熱のこもったブルーグリーンの瞳。甘い言葉を囁きながら自分を抱きすくめる優しい腕。

涙が止まらなくなり、エルダは顔をゴシゴシ拭う。

（まだ……夢から覚めたくない）

ダリウスが好きなのだ。そばにいたい。まやかしでも構わないから、もう少しだけダリウスに愛されていたいのだ。

「ごめんなさい。ごめんなさい。だけどもう少しだけ……レジーナ様のお輿入れまでには終わりにしますから」

エルダは誰に言うともなく呟いた。

結局、王妃の部屋へは行かずにUターンした。自分で自分の意志の弱さに呆れる。泣き腫らした顔を見られないように前髪で隠し、ダリウスの執務室へ戻った。

「ただ今戻りました」

「お帰り……あれ、エルダ風邪ひいた？　なんか鼻声……」

顔を見るまでもなく、声で気づかれた。エルダは自分の間抜けさを呪いつつも、素知らぬフリを貫く。

ダリウスは訝しげにエルダをじぃーっと見る。不自然に顔にかかる前髪と、その間から覗く赤くなった鼻の頭。泣いていたのがバレバレだ。

（エイジャクスとの仲がうまくいっていないのかな）

ダリウスは侍女に二人分のお茶を淹《い》れさせる。

「僕、ちょっとお茶で休憩するから付き合ってよ」

そう言ってエルダにカップを差し出した。本当はエルダを気遣って、わざわざお茶を用意したのだけど。

「……ありがとうございます。頂きます」

ミルクティーの優しい香りに強ばっていた心がほぐれる。

ダリウスは恐る恐る尋ねてみる。

「……何かあったの？」

「……いいんです。私が悪いんです」

切なげな表情が恋の悩みであることを雄弁に物語っている。いつもの明るくサバサバしたエルダとは別人のようだ。

ダリウスはイラついた。エルダを泣かせる男に。そしてそんな男を好きになったエルダに。

「……やめちゃえよ」

「え？」

「そんな辛い恋なら……やめちゃえばいい」

思わず口をついて出てしまった言葉にハッとし、慌てて口をつぐむ。エルダの恋愛に自分が口を出すべきではない。

エルダは肩を落とし、俯く。そして消え入りそうな声で呟いた。

「……ご、ごめんなさい……」

（殿下を騙して令嬢のフリをしてまで愛されたいなんて、自分はなんて浅ましいのだろう……）

謝られる理由はわからないけど、辛い恋に胸を痛めているエルダを見てやるせない気持ちになったダリウスは、慰めるように彼女の頭にポンと手を乗せた。

（もっと大切にしてくれる男を選びなよ、エルダ）

……そう心の中で思いながら。

国王の執務室で国王夫妻と、バシリウス王太子、レジーナ王女、そして近衛隊長のエイジャクスが難しい顔をしてテーブルを囲んでいる。

三通目の差出人不明の手紙が届いたのだ。

「『カロニアの王女の婚約を一刻も早く破棄して下さい。お願いします』」

カロニアの王女であるレジーナは手の中にある手紙を見て、首を捻る。

「……『お願い』されちゃってますが……。どうしましょう？」

皆微妙な表情をしている。

「一度目は脅迫、二度目は意見書、そして今回は『お願いします』って……」

「なんだか回を重ねるごとにトーンダウンしているような」

この気の抜けたような手紙は警戒するべきなのか？　陳情書だけど。薄気味悪いとは思いつつも、皆反応に困っていた。

「報告によると、ネバンドリアの王太子には女性の噂があるようだ…………脅迫状との因果関係はわからない」

国王は眉を顰める。世の中には側妃や愛妾《あいしょう》を置く国王も多い。多少の女性の影は仕方のないことなのだが……。

エイジャクスはこの話を聞き、手のひらに爪が食い込むほど握り締め、怒りに震える。

（レジーナ様を迎える身でありながら……許せん!!）

「加えて、このところネバンドリアの王太子は病気で臥《ふ》せっているらしく、こちらの外務長官も会うことが叶わなかったらしい」

「ご病気なのですか？　初耳ですわ」

「偵察部隊があちこちで聞き込みを行ったところ、国民の王太子への印象は良好だった。優しく誠実な人柄との意見が多数見受けられたそうだ」

「レジーナの出発は数週間後に迫っていますのよ……予定通りでいいのかしら？」

うっすら不安要素はあるものの、婚約を破棄するほどの理由もなく……。このまま予定通り準備を進めるしかないだろう。

無言で俯くレジーナ王女を見てエイジャクスは胸を痛めた。


レジーナたちが怪文書を見て頭を捻っていた時、王宮の正門前では見知らぬ若い男が門衛と揉《も》めていた。

「お願いします！　急用なんです！　国王陛下にお取り次ぎを！」

「またお前か。どこの馬の骨ともわからない一般人を国王陛下に会わせられるわけないだろう」

「僕は……実は……ネバンドリアの王太子でして」

男が声を潜めて門衛に打ち明ける。

「ぷははは！　もっとマシな嘘をつくんだな」

「本当なんです！　ちょっと訳ありでして」

「王子がフラッと一人で徒歩でやってくるとか……ははは！　面白いな」

「お願いします！」

「あんまりしつこいと捕らえて牢《ろう》にぶち込むぞ！」

「捕らえてくれていいから中に入れて下さい～!!」

「いい加減にしろ。ほら帰った、帰った」

門衛にシッシッと追い払われてしまった男は、トボトボともと来た道を引き返していった――。

✦

「すみません、見失いました」

「は!?　ありえないでしょ!!」

ダリウスは綺麗な顔を顰めて、目の前に立つカークとアランとそしてエイジャクスを睨んだ。

夜会の後、エルリアーナを尾行して住所を突き止めるという任務を与えたが、どうにもうまくいかない。カークとアランから何度も「途中で見失いました」という報告を受けたダリウスは業を煮やし、エイジャクスを投入することにした。しかし、そのエイジャクスまでもが失敗したのだ。

エイジャクスは折り紙付きの実力を持つ騎士である。そのエイジャクスが普通の馬車の尾行に失敗するなど考えられない。

「もう～！　エルリアーナに贈るドレス注文しちゃったんだけど、どうすればいいのこれ！」

ダリウスは執務室の一角に置かれた巨大な箱を指差す。箱の中身はもちろんブルーグリーンのドレスだ。

エルリアーナの正体がエルダだと知っている三人はのらりくらりとダリウスの追及をかわす。尾行したくてもしようがない。だってエルリアーナは王宮内の近衛宿舎で寝起きしているのだから。

エイジャクスはチラリとエルダに目をやる。

（……全く、面倒なことに巻き込みやがって）

エルダは申し訳なさそうに肩をすくめる。

（す、すんません。ご協力感謝します）

エイジャクスとエルダがこっそり目配せし合っているのを見て、ダリウスの胸の中に苦いものが込み上げる。

エルダとエイジャクスが恋人同士であることを考える度、ダリウスはなんとも言えない不快な気分になる。考えなければいいのに、ついつい余計なことを想像してしまう。

だって、最近エルダがどんどん綺麗になっていくのだ。気のせいなんかじゃない。初めて会った時はもっと少年っぽかったはずだ。つぼみが花開くように、日ごとに綺麗になっていく。ふとした瞬間に見せる仕草や表情に、気がつけば目を奪われていることがしょっちゅうだ。

それがエイジャクスのせいなら、二人きりでどのように過ごしているのか気にもなろうというもの。

（二人はどの程度の仲なのだろうか……まさかすでに……いや……）

自分で勝手に想像して、苛《いら》つく……不毛だ。

エルリアーナのことを考え、気を紛らわすことにしよう。最近エルリアーナはよく笑ってくれるようになり、以前のように拒絶されることもなくなった。夜会でダリウスの姿を見つけた瞬間の溢れるような笑みを思い出し、幸せな気持ちになる。

嫌われてはいない……と思う。多分。……住所も、家族のことも何も教えてはもらえないけれど。

エルダとダリウスは執務室で二人並んで筋トレに励んでいた。最初の頃は騎士のハードな筋トレに全くついていけなかったダリウスだったが、今ではエルダと同じメニューを難なくこなす。

筋トレしながらのお喋りはすっかり二人の日課になっていた。ダリウスが失礼なことを言うとエルダがムキになって怒り、その時の尖《とが》らせた唇や、ぷうーっと膨らませた頬がなんとも可愛いのだ。むくれるエルダの頬をつまむと、なんだか心の中が温かくなる。

ふざけ合い、笑い合い、時には真面目にこの国の将来のことなんかも話すけど、二人の話題の中心は依然として恋バナであった。

「お菓子と髪飾りの次は……花でも贈ろうかと思うんだ」

プランクの姿勢のまま、ダリウスが絞り出すような声で言った。

「エルリアーナはどんな花が好きだと思う？」

「花……もらったことがないのでわかりません。花なんかもらって嬉しいんですかね？　腹の足しにもならないのに」

ダリウスはびっくりして床に膝をついてしまった。筋トレを中断してノロノロと床に座る。

「嘘でしょ……花、もらったことないの？」

花は恋人へのプレゼントの定番中の定番ではないだろうか。宝石は買えない人でも花なら買える。気負わずに買えるので、平民から貴族まであらゆる階級の人に人気があるものだと思っていたのに。

（恋人なのに……エイジャクスに一度ももらったことないのか？）

ダリウスはエルダが粗末な扱いを受けているような気がして腹が立った。腹が立ったついでにエルダのほっぺたをむにっとつまんでみる。

「何すんですか!!」

ダリウスはその顔をまじまじと見つめた。

この前のエルダの泣き腫らした目………。どう見ても幸せな恋をしているようには見えなかった。

(花の一つも贈らないような男のことが好きなのか？　なぜもっと君を大切にしてくれる人を選ばないんだ)

(もしかして好きなのはエルダのほうだけで、エイジャクスはそれほどでもないのかも？)

エイジャクスと別れてしまえばいいのに……と心の隅でちょっぴり思ってしまい、慌てて反省する。

(エルダには幸せでいてほしいのに……どうして僕はいつもあの二人の粗探しをしてしまうのだろう)

何かにつけ二人が破局する理由を考えてしまう自分の心の狭さに、少しばかり自己嫌悪に陥った。

その日の午後、ダリウスは一人いそいそと王宮内の温室に向かった。

エルダが護衛としてついてこようとするのを、適当な口実をつけて断る。……だってサプライズにしたいから。

温室には王宮全体を飾るほどの量はないが、王族が個人でちょっと楽しむための花がたくさん揃《そろ》っている。薔薇、アネモネ、芍薬《しゃくやく》……咲き乱れる色とりどりの美しい花々。

ピンク色のマーガレットのところで、ダリウスは足を止めると「ふふ」と微笑んだ。

「……エルダっぽいな、これ」

初々しくて溌剌《はつらつ》としたエルダを思い出させる、ピンクのマーガレット。アネモネのように大人っぽくもなく、芍薬のような豪華さもない。だけど見ているだけで元気になれる可愛らしい花だ。ダリウスはすぐ庭師に頼んで、小さなブーケを二つ作ってもらった。

「はい。これあげる」

執務室に戻ったダリウスは、エルダにブーケを一つ差し出した。

「その……エルリアーナに渡す花を取りに行ったついでだ」

エルダは大きな瞳をこぼれ落ちそうなほど見開いた。そして目の前のマーガレットのブーケとダリウスの顔を何度か交互に見てから、恐る恐る手を伸ばす。瞳を輝かせ、ひとしきり手の中のピンクの花を眺めると……

――嬉しくてたまらないといったように微笑んだ。

蕾《つぼみ》が一斉に綻んだような笑顔。その顔を見た瞬間、ダリウスの胸が大きく音を立てる。

頬を染め微笑むエルダから目が逸らせない。

「知りませんでした……花をもらうってこんなに嬉しいものなんですね」

ダリウスの心にじわじわと仄暗《ほの》い喜びが広がった。

――エルダに初めて花を贈った男は僕だ。エイジャクスじゃない。

「なんだか、女の子になったみたいな気分です！」

「はは。『みたいな』って、君は……」

――君は女の子だ。とても魅力的な女の子だ。

ダリウスは口をついて出かかった言葉を慌てて飲み込む。

「……き、君はその花にちょっと似てるよ」

「？　どういう意味ですかー？」

「はは。さあね」

「ストンとしていてボリュームがない感じが似てるんですかね？」

首をかしげるエルダがなんだか可愛くて、我慢できなくなったダリウスはふざけてエルダの頬をつっつついた。

「ねえ、エルダ」

ダリウスはずっと疑問に思っていたことを尋ねる。

「姉上についてネバンドリアに行くって言ってたよね。気が変わって、行くのをやめにしたりはしない？」

「それは……」

「隣国へ行ったら、君の好きな人と離れ離れになるよ。それでも行くの？」

「……っ……！」

ダリウスの疑問はエイジャクスとのこと。隣国に行くなら、なぜエイジャクスと付き合うのか。今後はどうするのか。

「君の好きな人は、ネバンドリアに行くなとは言ってくれないの？」

「………」エルダは悲しげに俯く。

ダリウスは心の中でちょっぴり落胆する。

『別に、あの人のことそこまで好きじゃないから平気です』

そんな答えを密かに期待していたからだ。

（そんなに奴のことが好きなのか……）

ダリウスは必死に腹の底のイライラと闘う。

（エイジャクス、好きなら引き止めればいいのに！　引き止めないなら手を出すべきではないだろう！）

エルダはエイジャクスに弄ばれているのではないだろうか。少なくとも……大切にされているとは思えなかった。

なぜこんなにも心を乱されるのかわからずに、ダリウスはがむしゃらに筋トレをして気を紛らわすのだった。

「あら、ダリウス殿下！　お久しぶりでございます」

ピンクのマーガレットのブーケを手に、ダリウスが夜会の会場に足を踏み入れると、どこかの伯爵令嬢に声をかけられた。

名前は知らないが、顔は知っている。いつも執拗《しつよう》にダリウスを追いかけてくる肉食系令嬢の一人だ。ダリウスは身を固くする。苦手なのだ、この手の令嬢が。

「や、やあ。こんばんは。ではご機嫌よう、さようなら——」

「まあ酷い！　人のことまるで化け物みたいに。わたくし今夜はエルリアーナ様目当てで参りましたのよ。もう殿下のこと追いかけたりはいたしませんわ」

そそくさと逃げようとしていたダリウスの足がピタリと止まる。

「ん？　エルリアーナだって？」

以前エルリアーナにいちゃもんをつけた、あの令嬢であった。転びそうになったところを、騎士のような身のこなしで助けられ、花まで拾ってもらった。あれ以来、エルリアーナの熱烈なファンなのだ。

「いくらダリウス様でも、わたくしのエルリアーナ様を泣かせたりしたら、我々ファンクラブがタダではおきませんことよ」

「『わたくしのエルリアーナ様』だって？　いや、エルリアーナは僕のだから！」

「いいえ！　わたくしのエルリアーナ様ですわ」

「いや、僕のだってば！」

ダリウスと伯爵令嬢は顔を見合わせて笑った。

「そっか。エルリアーナにはファンクラブがあるのか」

ダリウスは嬉しかった。エルリアーナの素晴らしさを理解してくれる女性がいて、誇らしい気分だ。他の男性がエルリアーナに群がるのは嫌だけど、女の子のファンなら大歓迎である。

「ええ。そしてわたくしが会長ですの。フィービーと申します」

「フィービー会長、ね」

「わたくしたちはエルリアーナ様に悪い虫がつかないよう、全力で頑張っていますのよ」

「……！　それはいいな！　それはありがたい」

「殿下はご自分は『悪い虫』の中に含まれないと思っていらっしゃるのでしょうか」

「えっ！　僕も『虫』扱いかい？」

言うに事欠いて、第二王子を虫とは！　あまりに酷い扱いに笑ってしまった。でも、追い回されるより遥《はる》かにマシだ。

ひょんなことから意気投合したダリウスとフィービー伯爵令嬢改め会長。楽しそうに笑う二人の様子を、レジーナ王女も、バシリウス王太子も、バシリウスの婚約者のラナも、近衛騎士のカークとアランも、目を丸くして眺めていた。

（珍しいこともあるもんだ……女性は苦手だったはずなのに）

そしてもう一人……エルダも、硬い表情のまま、無言で二人の様子を見ていた。

「なんだかダリウス最近カッコ良くなったわよね」

王太子の婚約者であり、レジーナと仲良しのラナが感心したように言う。

以前のダリウスはただの可愛い男の子。みんなの癒しの天使であった。ところが、最近なんとなく大人っぽくなったのだ。筋トレの成果か、明らかに男らしく精悍《せいかん》になった。

「私もそう思うわ」

レジーナ王女も微笑む。その理由はわかっていると言わんばかりに。

「レジーナ、寂しいでしょ」

「そうねぇ……もう可愛がれないのは寂しいけど、エルダなら許すわ」

皮肉なことに、ダリウスが男らしく、色気すら感じさせるようになると、これまで肉食獣のように群がっていた令嬢たちが大人しくなった。頬を染めモジモジしながら遠巻きに見ているだけになったのである。

「肉食獣って、草食動物は襲うけど、肉食動物のことは襲わないものね」

「本当にね」

ダリウスがエルダの姿を見つけたようだ。全身が喜びでキラキラしている。

「はぁ……、恋っていいわねぇ……」

ダリウスとエルダの二人を眺め、ラナがうっとり呟く。

「えっ！」

バシリウス王太子が反応しておろおろする。

「…………。ラナったらもう……」

兄のことを無自覚に振り回す親友に、レジーナは呆れたように笑った。


「エルリアーナ！」

最愛の人の姿を認めたダリウスが、嬉しげにかの女のもとに向かう。手にはピンクのマーガレットのブーケ。

フィービー会長が感心したようにため息をつく。

「まあ！　エルリアーナ様のドレスの色に合わせた花束とはさすがですわ、殿下！」

ダリウスの笑顔がギクリと強張った。

（——違う。エルリアーナのドレスの色に合わせたんじゃない）

エルリアーナのために選んだ花ではなかったことに気づき、ダリウスは悪いことをした子供のような気持ちになった。

ピンクのマーガレットを選んだ時、頭の中にあったのは騎士のエルダだ。男性から花をもらったことがないというエルダを喜ばせたくて、思わずエルダに似た花を選んでしまった。

「ピンクのマーガレットの花言葉は『真実の愛』だからピッタリですわね」

フィービー会長はダリウスのベタな花束を揶揄《からか》うようにニヤニヤする。

ピンクのマーガレットの花言葉なんてダリウスは知らなかった。真実の愛という意味を持つ花を、二人の女性に贈ろうとしていることに罪悪感を覚える。自分はエルリアーナに対し、とんでもなく不誠実なのではないだろうか。まるで二股をかけている男のような気がしてチラリとエルリアーナの顔を盗み見る。

――うん、可愛い。好きだ。良かった。

自分の気持ちを確認してホッとする。自分が好きなのはエルリアーナだ。間違いない。だってほら。エルリアーナの姿を見ただけでこんなに胸が高鳴るんだ。だから何も後ろめたいことなんてない――

――はず。

「バルコニーに行こう」

ダリウスはエスコートをするため腕を差し出す。

エルリアーナはフィービー会長を眺めやり、不安そうに聞いた。

「え……よろしいのですか？　お話し中だったのでは？」

「？　大丈夫だよ」

エルリアーナの表情が暗いことに気づく。どうしたのだろう。最近は笑顔で接してくれるようになっていたのに。

バルコニーでもエルリアーナはなんとなく元気がなかった。いつもより口数が少なく、笑顔もない。

「エルリアーナ……何かあったの？　元気がないようだけど」

「別にいつも通りですわ」

そう言うエルリアーナの表情は明らかにいつも通りではない。

しばしの沈黙の後、エルリアーナは取って付けたように言った。

「でも……良かったですわ。殿下に他にも親しい御令嬢ができたようで。女性恐怖症を克服されて……よ、喜ばしいことです」

声のトーンにどことなくトゲを感じるのは気のせいだろうか？

（ん？　もしかして……。僕の都合のいい勘違いでなければ……これは）

「……もしかして……僕が、他の令嬢と話していて嫌だった？」

エルリアーナはプイと顔を背ける。

「ち、違います！　喜ばしいことだと言っているじゃありませんか」

明らかに喜んでいる態度ではない。エルリアーナは怒っている。

（まさか……妬《や》いてくれたのか？）

ダリウスの顔に熱が集まり、胸にじわじわと喜びが広がっていく。

（そんな……都合のいいこと……でも……）

エルリアーナの頬に手を伸ばし、背けた顔を自分のほうに向けさせようとした。

「ねえ、エルリアーナ。お願いだから顔を見せて」

エルリアーナは頑《かたく》なにダリウスと顔を合わせようとしない。

力ずくで自分のほうに向けさせてみれば、今にも泣き出しそうな紫水晶の瞳と目が合った。


「…………………！」


湧き上がる歓喜に、気づけばダリウスはエルリアーナの唇に自分の唇を重ねていた。

ほんの一瞬触れるだけの軽い口づけだった。

もっと余裕を持って、上手なキスを披露する予定だったのに。そのためにクマのぬいぐるみでの予行演習までしていたのに。

でも今はこれが精いっぱいなのだ。余裕なんてこれっぽちもない。ダリウスの心臓は苦しいほど早鐘を打っていた。

「エルリアーナ、好きだよ」

そう囁くと、さっきまで悲しげだった紫の瞳に明かりが灯《とも》った。その反応が信じられないほど嬉しくて……。胸がいっぱいになり、ダリウスはエルリアーナをギュッと抱きしめた。

自分の想いが少しは届いたのだろうか。君にとって少しは気になる存在になれたのだろうか。

ダリウスの心の中の問いかけに応えるかのように……エルリアーナはおずおずと小さな手を彼の背中に回した。

翌日は雲一つない晴天であった。

（まるで僕の心のようだ……）

浮き立つ気持ちを抑え、ダリウスは執務室で書類をめくる。昨夜のエルリアーナとの甘いひと時を思い出すと、つい口元が緩んでしまう。

（エルリアーナがあまりに可愛くて、衝動的にキスしてしまったけど……）

重要なのはその後である。抱きしめた時に拒まれなかったのだ。

しかも、遠慮がちに抱きしめ返してくれた。これは自分の想いを受け止めてもらえたと取ってもいいのではないだろうか。顔がニヤけるのを止められない。

（よし。あともう一歩だ。……となると、ぜひとも第二弾に向けて練習しておかなければ）

そう。もちろんキスの第二弾である。ダリウスは机の上の薄汚れたクマにチラリと目をやる。クマでキスの練習をする気満々だ。

騎士の服を身につけたぬいぐるみを見て、ふとエルダがやけに静かなことに気がついた。

「エルダ？　なんか今日はやけにしず……」

エルダは心ここに在らずといった感じで部屋の片隅に突っ立っていた。

頬を上気させ、焦点の定まらない潤んだ瞳でぼんやりと窓の外を見ている。その表情が妙に艶《なまめ》かしくて、ドキッとしたダリウスは慌てて目を逸らした。

トントン──

扉をノックしてカークが顔を出した。

「殿下、おはようございます」

「おはようカーク。ん……？　今朝はアランのシフトじゃなかったかな？」

「ははは、そうなんですよ。交代しました。アイツ自分の筋肉が好きす……」

ガシャン!!　カラーン！

エルダがそばにあった椅子をひっくり返し、腰の剣を床に落とす。

「き、き、キス!?」

「？　アランの奴自分の筋肉が好きすぎて上裸で宿舎をウロウロしてたら腹を壊しまして。エルダどうした？」

「い、いや。なな、なんでもない」

エルダの顔は真っ赤だ。

「今頃宿舎でエイジャクス隊長に説教されてますよ。アイツいつか行きす……」

ガチャーン！　パリン！

エルダがテーブル上の花瓶を倒し割る。

「？　……行きすぎた自己愛で身を滅しますね、きっと」

「す、す、すみません。ホウキとちりとりを…か、借りて来ます」

エルダはリンゴのように赤い顔をして、あたふたと部屋を出ていった。

「どうしたんだろエルダ………」

ダリウスはエルダの異常な様子を心配する。今日の彼女は普通じゃない。

カークは腕組みをし、眉間に皺を寄せて考える。

「……エルダの奴……『キス』って言葉に反応しましたよね、今？」

そして忌々《いまいま》しげに舌打ちをした。

「さてはエイジャクス隊長とキスでもしたな」

「えっ！」

ダリウスは驚きで一瞬息が止まった。

「……あれは、多分絶対そうですね。クソ……魔王の奴め案外手が早いな」

カークはエイジャクスを呪う言葉を吐き、「アランに報告しなくては」などと呟いている。

（エルダがエイジャクスと口づけを？）

ダリウスは自分の手が震えていることに気づき、慌ててギュッと握って誤魔化した。胸がキリキリと締めつけられるように痛む。

二人が付き合っているらしいと聞かされても、心のどこかで本気にしていなかったのだ。二人の仲はそれほどうまくいっていないのではないか。すぐに別れるのではないかとたかをくっていた。

窓の外をぼんやり眺めながら物思いに耽っていたエルダの表情を思い出し、ダリウスは苛立ちを募らせる。

（エイジャクスを想ってあんな顔を……）

胸がムカムカする。我慢ができない……気が狂いそうだ。

カークが退室して一人になるや否や、ダリウスは机の上にあったものを全て乱暴に床にぶちまけた。

（エイジャクスがエルダに触れた。エイジャクスがエルダを抱きしめ、頬に手を寄せ、髪を撫で、瞳を見つめ合い、唇を重ね…………）

「……っ…………クソ」

自分でもなぜなのかわからない。だけど腹の底から激しい怒りが込み上げてどうにもならないのだ。

書類や筆記具と一緒に床に落ちたクマにインクがこぼれてシミをつくる。汚れてしまったクマを見てダリウスは我に返った。

（何をやってるんだ僕は……）

自分だってエルリアーナといいムードだったではないか。キスして浮かれていたではないか。エルダがエイジャクスと恋人らしいことをすることになんの問題があるというのだ。

ダリウスは呆れたように頭を振ると、身を屈《かが》めて落ちた物を拾った。

その晩ダリウスは夢を見た。

バルコニーでエルリアーナと二人で抱き合っている夢だ。

眠りが少し浅かったのか、寝ていながらも意識があり、

（ああ……僕は夢を見ているのか……）と思いながら夢の世界に身を任せた。

自分を見上げ、花のように微笑むエルリアーナ。

（夢の中でもエルリアーナは可愛いんだな……）

ぼんやりした頭で考えながら、ダリウスは彼女にそっと口づける。二度目だからか、あるいは夢の中だからだろうか、余裕があった。目を閉じ、エルリアーナの柔らかい唇を堪能する。

幸せで……ふわふわした気持ちだ。エルリアーナといると、いつも優しい気持ちになる。

微笑みながら、ゆっくり瞳を開けると――


――目の前にいたのは騎士のエルダだった。


エルリアーナとキスしていたはずなのに、いつの間にかエルダに変わっている。少し驚いたけど、すんなり受け入れることができる。だって夢だから。

（夢だからいいよね？）

そう自分に言い訳し、ドキドキしながらエルダの唇に自分の唇を重ねた。

（エルダ……エルダ……！）

たまらずに心の中でエルダの名前を呼んだ。胸の鼓動がどんどん激しくなっていく。

蕩《とろ》けそうな唇の感触と髪から漂う甘い香り。気持ちが昂《たかぶ》ったダリウスは、自分を抑えられなくなった。逃すまいとするように、彼女の腰と後頭部に手を回す。夢中になって、何度も何度も唇を重ねた。

（ねえ、エイジャクスのキスなんかより僕のほうがいいって言って……）

甘いキスを繰り返しながらも、心の中では狡猾《こうかつ》にチャンスを待ち続ける。エルダの口がわずかに開くチャンスを。夢の中のダリウスは、強引に一歩先に進もうとしていた。

（エイジャクスがしたことないような大人のキスをしてやる。もう僕のことしか考えられなくなるくらいのキスを………）

昼間見たエルダの色っぽい表情を思い出す。エイジャクスを思ってあんな顔をするなんて許せない。僕のことだけを想っていればいい。

身体の力が抜けたエルダがうっとりとした表情でダリウスを見上げる。

（今だ……!!）

ダリウスは唾をごくりと飲み込んで舌先を――


「………っ!!」

暗闇の中、ダリウスは寝台の上でガバッと身を起こした。

心臓がまだドキドキしている。生々しい夢だった。片手で顔を覆い青ざめる。

（なんてことを……！　『夢だからいいよね？』何に対して言い訳してるんだ僕は）

自分の浅ましさに愕然とする。

優しく温厚で天使のような王子様。ずっとそう言われてきた。綺麗なものしか存在しない世界で、穏やかな感情しか知らずに生きてきたのに。

それなのにどうだろう。今の自分のなんと欲にまみれていることか。

封印しなければ。こんな邪《よこしま》な感情は忘れなくてはならない。エルダにもエルリアーナにも知られてはいけない。

自分の好きな女性はエルリアーナだ。

そしてエルダの好きな男はエイジャクスなのだから。

# 第五章 エルリアーナの正体は

「エイジャクスいい加減にしろ!!」

王太子の執務室のドアを開けると、エイジャクスが兄に怒鳴られていた。

ダリウスは借りた資料をそっと本棚に戻すと、邪魔をしないよう黙って二人の様子を見守る。

次期騎士団長のポストを断り続けるエイジャクス。王太子は他の候補にも打診をしてみたものの、皆「自分よりエイジャクス氏が適任です」と固辞するのである。

そうこうしているうちに、高齢の現騎士団長がとうとう身体を壊してしまった。現在、とりあえず副団長が一時的に団長を代行している状態だ。

騎士団長のポストを空席にしておくのは、国防上とても危険であることは言うまでもない。今すぐにでも新しい騎士団長を任命する必要があり、一刻の猶予も許されない状況なのだ。そこで、王太子はエイジャクスの説得を再開したわけなのだが……。

現金、馬車、屋敷、爵位……あらゆるもので釣ろうとしたが、エイジャクスは首を縦に振らないのである。

「休暇の日数を倍にしてやるぞ。海の見えるタウンハウスも用意してやる。どうだ?」

「要りません」

エイジャクスは表情一つ動かさない。

見合いも提案してみた。エイジャクスは二五歳になるが、独身である。

「国中の独身の令嬢の中から好きな女性を選べ。王家が責任持って成婚までサポートしてやる。生まれた子供には然《しか》るべき地位を約束してやるぞ」

「興味ありません」

「そう言わずに釣書だけでも見てみろ。どういう女性がタイプだ？　それともすでに想い人でもいるのか」

その言葉に思わずギクリと固まったダリウス。ここでエルダの名前が出たら……。もしエイジャクスがエルダとの婚姻を望んだら……。

（どうしよう――）

ダリウスは動揺を隠せない。エイジャクスに騎士団長を引き受けてもらいたい兄や父は、あらゆる手を使ってエイジャクスの望みを叶えるだろう。まして二人は両想いなのだ。エルダとエイジャクスの婚姻は即実現するに違いない。

ところが。

エイジャクスはダリウスの予想を大きく裏切る返答をする。

「殿下、私は……一生誰とも結婚しません。家庭を持つつもりもありません」

（…………は？　え？）

ダリウスは耳を疑った。

「まあまあ……美女の絵姿を見たら気が変わるかもしれないぞ？　好みのタイプを言ってみろ。年上、年下、資産家、名家……どれがいい？」

「殿下！　私は絶対に結婚しませ……」

「……どういうことだ？」

不意に執務室にダリウスの低い声が響いた。

エイジャクスと王太子は普段と様子の違うダリウスに、会話をやめて振り返る。

「ダリウス？　どうした？」

「ダリウス殿下……？」

「遊びなのか？」

ダリウスがエイジャクスに詰め寄る。

「あいつのことは遊びなのか？」

「？」

ダリウスは綺麗な顔を歪《ゆが》め、こめかみに青筋を立て怒りに燃える目でエイジャクスを睨みつけた。そして胸ぐらを摑んで大声で怒鳴ったのである。

「どういうつもりなのか言え！」

バシリウス王太子は口をあんぐり開けて、激昂《げっこう》する弟を眺めた。

（これは一体誰だ？　俺の可愛い弟はどこに行った？）

このような乱暴なダリウスを見たのは初めてで、不謹慎にもちょっとワクワクしてしまった王太子である。

（ああ、レジーナや母上にも見せたかった……）

（エルダは本気でエイジャクスに恋をしているのに……）

ダリウスは歯軋《ぎし》りをした。毎日エルダを見ているダリウスには痛いほどわかる。彼女が時折見せるハッとするような切ない表情は紛れもなく恋する女の顔だ。

それなのに、エイジャクスは一生結婚しないと言い切った。『まだ結婚しない』ではなく『一生』だと。エルダがあまりに可哀想ではないか。

「花束の一つも贈らず……やることだけはやってるくせに……」

怒りでダリウスの声が震える。

エルダが近頃綺麗になったのが、こんな男のせいだとは思いたくない。こんな男が……彼女に触れてキスをしたのかと思うと怒りで気が変になりそうだ。せめてもう少しエルダのことを大切にしてくれていたら……。

「あいつのことを弄ぶのは許さない！　大事にしないなら……」

ダリウスはギリギリとエイジャクスの胸ぐらを締めつけながら言い放った。

「――僕がもらう！」

「……？？？　……」

「……？？？　……」

可哀想にエイジャクスと王太子はポカンとしている。

しばしの沈黙の後、ハッと我に返ったダリウスは顔色を失った。

（僕は……何を言った？）

片手で口を押さえて、走って部屋から出ていった。

残された王太子とエイジャクスは顔を見合わせる。

「おい、エイジャクスどういうことだ？」

「わ、私には何がなんだかさっぱり……」


部屋を出たダリウスはそのまま庭に出て、あてもなく走った。生垣を抜け、木々の間を縫って、薔薇園を過ぎる。ひとしきり走り回って、息が切れ立ち止まる。

気がつけば噴水の前に立っていた。昼間の噴水は、太陽の光を反射して煌めいていて。

涼しげな水音を聞きながらダリウスは途方に暮れる。

（……………封印して忘れようと思っていたのに。もう無理だ……）

これ以上自分の心を誤魔化すことはできなかった。

（僕は……………）

——エルダが好きだ。

一人の女性として好きなのだ。エイジャクスに渡したくない。彼女が欲しい。自分だけのものにしたい。

でも…………………

エルリアーナのことも真剣に好きなのだ。酷いことを言っている自覚はある。不誠実だってわかっている。だからこそずっとこの気持ちから目を逸らしていたのだ。

ダリウスは頭を抱える。二人を好きになる……そんなことダメに決まってる。

エルダとエルリアーナ……。自分が好きなのはどちらなのだろう。

選ばなければならない。それも早く。でもどうやって……？


「あれ？　殿下じゃありませんか」

騎士のカークとアランだ。騎士の演習場に向かおうとしていたところでダリウスに出くわしたのだった。

「どうされましたか？　こんなところで噴水なんか眺めて」

アランが訝しげな視線を投げかける。いつも笑顔を絶やさないダリウスにしては珍しく表情が硬い気がする。

「カーク……。アラン……」

ダリウスは一瞬言葉を詰まらせたが、思い切ったように口を開いた。

「なぁ……二人の女性を同じくらい好きになったことってあるかい？」

「へ？」二人は目を丸くする。

そして顔を見合わせたかと思うと、悪びれもせずに言った。

「あー。ありますよ〜。よく」

「迷いますよね。顔は可愛いけど身体が貧相な女と、身体は最高だけど顔がブスな女とか」

「ははは。経験豊富な年上か無垢な年下とかね」

「あるある。ぽっちゃり巨乳と、スレンダー貧乳も」

「……え？　いや……」

聞く相手を間違えたか……と、ダリウスは思ったが、一応聞いてみる。

「その場合、どちらを選ぶかどうやって決めるの？」

「ははは！　選びませんよ」

「そうそう。僕も並行して付き合いますね」

近衛で貴族のカークとアランは女性経験が豊富である。家を継ぐ必要もないため、お相手は誰でもＯＫで、貴族令嬢、裕福な商家の娘や既婚者など守備範囲が広い。

（――うん。聞く相手を間違えたな）

呆れて立ち去ろうとするダリウスを、アランが真剣な顔をして呼び止めた。

「……殿下は……確実に存在するほう……いえ、身元がはっきりしてる子にしたほうがいいように思います」

とぼとぼと去っていくダリウスの背中を見送りながら、カークがポツリと言う。

「……さっき殿下が言ってたのって、この前一緒にいた伯爵令嬢のことかな」

「だな。なんて言ったたっけ？　フィービーちゃん？」

「エルリアーナとフィービー嬢で迷っててんのかぁ」

「ルックスはエルリアーナの圧勝だけど、実在しないもんな。現実には騎士で、魔王の恋人だし」

ダリウスの苦しい胸の内など知る由もない二人は、新たな恋のお相手がフィービー会長だと信じて疑わない。

「フィービー嬢のほうが現実的ではある」

「フィービー嬢で決まりだな」


この日の午後は剣の稽古だ。戦闘部隊から派遣された講師が、近衛たちに稽古をつけてくれる。

真剣で稽古をする戦闘部隊と違って、近衛は稽古用の木剣を使う。皆、適当に二人一組になって打ち合いをしている。

「カーク！　練習相手になってくれ」

エルダが声をかけてきたので、カークは快く応じた。

「エルダ、良かったな。令嬢のふりからもうじき解放されそうだぞ」

カークの言葉にエルダが首をかしげると、アランが言葉を引き継いだ。

「殿下、フィービー伯爵令嬢のこと好きになったんだってさ」

「なっ……！」

エルダの脳裏に、ダリウスとフィービーが楽しげに会話をしていた様子が蘇る。胸が鋭いもので刺されたように痛んだ。

（でも殿下はその後、私に好きだって言ってくれた……キスだって……）

木剣で打ち込んでくるカークをエルダは難なくかわし、打ち返す。

「嘘つくなよ!!」

「嘘じゃないぜ、エルリアーナとフィービー嬢の間で気持ちが揺れてるって相談されちゃったんだから、俺ら」

「真面目に悩むあたりが、殿下らしいよな～」

「………………」

青空の下、カン、カンとたくさんの木剣同士がぶつかる音が響く。エルダは半べソ状態でがむしゃらに木剣を振り回す。

（カークとアランの馬鹿野郎!!　意地悪！　殿下は私に好きって言ったんだからぁ!!）

カークたちが悪いわけではないのだが、怒りが収まらない。エルダはもやもやした気持ちを思いっきり目の前の同僚にぶつける。

「お、おい、どうしたエルダ」

いつにないエルダの気迫にたじろぐカーク。

「カークの馬鹿！　死ね！」

「すげー。魔王と付き合うと、剣の腕前も上達するのか〜」

横で見ていたアランが一人で何やら納得している。

（信じない。こいつらの言うことなんて信じない!!）

カン！　コン！　カチン！

「いてて！　おいエルダやめろ、降参だ。おい！」

ダリウスがフィービー嬢に心を動かされつつあることを打ち消すかのように、エルダはひたすら剣の稽古に没頭したのであった。

✦

レジーナ王女の隣国への出発がいよいよ一週間後に迫った。

その日の夜会はレジーナにとって、母国での最後の夜会。王女の門出を祝うため、ホールを飾る花やキャンドルも特別に豪華なものが用意された。

王都中の貴族が入れ替わり立ち替わりレジーナ王女のところにやってきて、お祝いの言葉を述べる。正式な婚礼は半年後にネバンドリアで執り行われる予定だ。

そんな中、第二王子のダリウスは一人ホールの隅でぐずぐずしていた。

（はぁ……どんな顔をしてエルリアーナに会えばいいんだ）

いつも真っ先にエルリアーナの元に飛んでいって、囲い込むようにベッタリ張りついていたダリウスだが、エルダに対する気持ちを自覚した今、どういう態度を取るべきか決めかねていた。

連日の筋トレで逞しくなった身体にロイヤルブルーの上着を纏い、憂いを帯びた表情でワイングラスを傾ける。得も言われぬ色気を醸し出すダリウス王子に、多くの独身令嬢たちが頬を染め、遠巻きに見惚れていた。

「殿下、難しいお顔をなさって……こんなところでどうされたのですか」

不思議そうな顔をして近づいてきたのはフィービー会長。カークとアランよりはましなアドバイスをもらえるかも……と期待したダリウスは彼女に苦しい胸の内を打ち明けてみた。すると話を聞くうちフィービー会長の表情がどんどん険しくなり……。

「最低ですわ!!　浮気者!!」

親の仇《かたき》でも見るような目で睨みつけられ、ダリウスの肩がビクッと跳ねる。

「エルリアーナ様の他にもう一人同じくらい好きな女性がいるだなんて！　許せませんことよ！」

「し――!!」

ダリウスは慌ててフィービー会長の口を塞ぐ。周りに聞かれては面倒だからだ。

「そんないい加減な気持ちでは、エルリアーナ様を傷つけてしまうではありませんか」

「でも本当にどちらのことも真剣に愛しているんだ！」

「それは愛ではなく欲なのでは？　殿下はどちらも本気で好きではないのですわ」

フィービーの辛辣だが的確な言葉はダリウスの胸に突き刺さった。

（本当に好きなら二人の間で迷わないのか？　僕はどちらに対しても本気ではないということなのだろうか？）

獰猛な肉食獣のようなフィービー会長は不敬罪なんて恐れない。カンカンになって掴みかかろうとしたところ、ダリウスにかわされる。

彼らは気づいていない……二人の様子ははたから見ると恋人同士のじゃれ合いにしか見えないことに。

少し離れたところでエルリアーナはカークやアランと共にこの様子を見つめていた。

「殿下とフィービー嬢、進展早くないか？」

「言いたいことを自由に言い合える仲なんだなぁ」

カークとアランの無邪気な言葉がエルダの胸を容赦なくえぐる。

「お、フォービー嬢が殿下に手を上げようとしてるぞ。『もぉ〜殿下のバカん。ウフフ』ってか」

「殿下、フィービーの腕を掴み『ヤキモチ焼き屋さんだなぁ。アハハ』」

エルダの気持ちなどお構いなしに、勝手にアフレコまで始めるカークとアラン。

やがてフィービー嬢はダリウスに何やら罵りの言葉を吐くと、頰を膨らませてエルリアーナのほうにやってきた。

「エルリアーナ様ぁ〜」

「！　……フィービー伯爵令嬢。こ、こんばんは」

エルダの顔が強張ったことに気づかないフィービーは、腕にしがみついてきた。

「浮気者の殿下なんか放っておいて、女同士でスイーツでも頂きませんこと？」

「おいおい！　エルリアーナに余計なこと言わないでくれ」

横から伸びてきたダリウスの腕がフィービーを引き剥がし、エルリアーナを大事そうに自分の懐に抱え込む。

「ダリウス殿下！　エルリアーナ様に触らないで下さいませ!!」

フィービーは毛を逆立てた猫のようにダリウスを威嚇する。しかし周りはそれをダリウスのことを独占したいがためのヤキモチなのだと受け取った。

カークとアランは同情するようにエルリアーナとフィービーを見比べた。

（ダリウス殿下も罪作りだなぁ……）

おどおどしながらフィービーとダリウスを交互に見るエルリアーナ。ダリウスは構わずに彼女を強引にバルコニーに連れ出した。

今日のエルリアーナのドレスは淡いシャンパンゴールド。同系色のパールと薔薇の花、そして黒いベルベットのリボンがアクセントの上品なドレスはエルリアーナの紫水晶のような瞳の色を一層際立てていた。

ダリウスはしばし、エルリアーナの美しさに見惚れる。何度見てもその感動が薄れることのない美しさ。初めてエルリアーナを見た瞬間から変わらずにダリウスの心を捉えて離さない。

こんなにも好きなのに。なぜ自分は二人の女性の間で揺れているのか。

『殿下はどちらも本気で好きではないのですわ』

フィービー嬢の言葉を思い出す。

（そんなはずあるものか！　こんなに愛しいのに……姿を見るだけでこんなに胸が高鳴るのに）

ダリウスがそっとエルリアーナの頬に触れると、不安げに揺れる紫水晶の瞳がすがるように見つめ返してきた。

（エルリアーナがエルダの存在を知っているはずはないが、何かを察しているのだろうか……？）

自分はこの可愛い人を不安にさせているのだ。ダリウスはやりきれない気持ちになる。本当は誰より甘やかして幸せにしたいのに。

エルダとエルリアーナ。どちらのほうが好きなのか、わからないのならば。

（どちらか片方を無理やり選んでしまえばいいのではないだろうか――）

エルダが好きなのは自分ではなくエイジャクスだ。

だったら――。

手に入らないほうは諦めて、手に入るほう一人に絞ればみんな幸せになれるのではないだろうか。

ダリウスはエルリアーナの顎をつと持ち上げる。熱のこもった眼差しで見つめると、エルリアーナは恥じらうように長い睫毛を伏せた。

——ほら、エルリアーナは僕を受け入れてくれる。うん。エルリアーナを選ぼう。僕が好きなのはエルリアーナなんだ。どうせエルダは姉上についてネバンドリアに行ってしまうのだし。

エルリアーナを抱き寄せ、ゆっくりと顔を近づける。マシュマロのような柔らかい、甘い唇に口づけようとしたその時…………………

……………ダリウスの脳裏に赤い髪の女騎士の顔が浮かんだ。

「…………っ！」

思わず反射的にエルリアーナから身体を離してしまい、背中を冷たい汗が伝う。

エルダへの気持ちを自覚してしまった今、それに蓋をしてエルリアーナにキスをすることなどできなかった。

エルリアーナは驚いて目を見開く。そしてダリウスの表情を見ると、瞬く間に大きな瞳に涙が湧き上がった。

エルリアーナの涙を見てダリウスは焦る。キスを拒む、というとんでもなく失礼なことをしてしまったけど、エルリアーナのことは本気で好きなのだ。そんな矛盾する気持ちをうまく伝えることができない。

「ち、違うんだ、エルリアーナ……そ、その……なんて言うか」

「…………」

「……ごめん……」

エルリアーナは指先で自分の目元を拭うと、大きく息を吸った。

「殿下……。殿下のお心には別のどなたかがいらっしゃるのですね」

「う……うん。そうなんだけど、でも――」

「いいのです」

エルリアーナは寂しげに微笑んだ。

「いいのです。最初からわかっておりました」

そう言うと、ドレスの裾を摘んで礼をし、ホールに戻っていった。


一人バルコニーに残されたダリウスは手すりを掴んで項垂れた。手っ取り早く一人に絞ろうなんて打算的なことを考えたからバチが当たったに違いない。

（エルリアーナを泣かせてしまった……）

ズキリと胸が痛む。だけど何度考えても、どちらのことも好きなのだ。

「はっきりさせなければ……」

エルダの出発まで、もうあまり時間がない。

満月が明るく照らす夜のバルコニー。第二王子は為《な》す術《すべ》もなくいつまでも立ち尽くしていた。

✦✦

窓の外には澄み切った青空と鮮やかな木々の緑。爽やかな朝日が差し込むダイニングルームで、焼きたてのパンを前にしながら、国王一家は全員ダリウスに厳しい目を向けていた。

「エルリアーナの他に好きな女性ができたというのは本当なの？」

「近衛たちも噂してたぞ。誤解なんだろう？　はっきり否定したほうがいいぞダリウス」

兄のバシリウスも心配そうに弟の顔を覗き込む。心なしか可愛い弟の顔は少しやつれているような……。

「…………………」

「「「えっ？」」」

悲しげに美しい顔を伏せる第二王子の姿に、一家は唖然とした。否定しないということは事実ということだからだ。

「ではエルリアーナのことはもういいの？」

「とんでもない！　エルリアーナに対する気持ちは変わりません」

「どういうことなのダリウス？　まさか二人とも同じくらい好きだとでも言うの？」

レジーナの追及に、ダリウスは返す言葉もなく、無言で項垂れるしかない。

国王一家は開いた口が塞がらなかった。ついこの間、初めて女性を好きになったと言って頬を染めていた可愛い末っ子が、早くも浮気をしたのだから。それも出来心のアクシデント浮気ではなく完全な二股だ。現在進行形で二股。

「な、なぜだ？　片方に対する不満をもう片方が補っているのか？　ほら、一人は顔立ちが美しいが、もう片方は体型が美しいとか……？」

兄、言ってることが近衛のカークと同じである。使っている言葉は少し綺麗だけど。

国王も呆れたように呟く。

「側妃を持つ王族はたくさんいるが、同時進行はないぞ。どうしても子供ができない場合に順に迎えるものだ」

「愛妾というものは、一人持つとやがてそれが二人、三人と増えるものです！」

王妃が怒りでワナワナと震える。フォークがサラダの上のポーチドエッグに刺さったままだ。

「私はお前をそんな子に育てた覚えはありませんよ」

母と姉は女性という立場からか、ことさらダリウスの浮気が許せないらしく、容赦なくダリウスを責め立てた。

「二兎《と》を追うものは一兎をも得ずと言う諺《ことわざ》があるでしょう。そのような態度ではお前は幸せにはなれませんよ」

「エルリアーナほど美しい少女は滅多にいるものではないわ。何が不満なの？」

「何も不満なんてありません。エルリアーナは完璧です!!」

「ではなぜ……」

「……自分でもわからないのです」

ダリウスはしょんぼりと肩を落とし、チコリと胡桃《くるみ》のサラダをフォークでつつく。

「もし私の婚約者の王太子が同じことをしたら、あなたどう思って？　隣国に行く前に、あなたとエルリアーナの幸せな姿を見たかったのに……ガッカリだわ」

レジーナはむすっとしてパンを口に運んだ。

✦✦

その隣国の王太子に実はすでに愛する人がいて、なんの落ち度もない婚約者のレジーナ王女に誠意を示すためにも正直に事情を話し婚約を破棄してもらおうと、国王一家が朝食をとっているまさにその時、王宮の正門で国王に面会を申し込むも平民と間違われ門衛にすげなく追い払われていることなど……誰一人として知る由もなかった――。

「レジーナ王女お輿入れの際の随行騎士になることを希望します」

エイジャクスは国王の前に跪き、頭を下げた。表情も変えずに淡々と発言したように見えるが、エイジャクスの心臓は緊張で激しく脈打っていた。

国王の横でレジーナ王女が目を見開きエイジャクスを見つめる。

王女の随行騎士になる――。エイジャクスの中ではずっと前から決まっているが、秘密にしてきた。長い時間をかけて綿密に計画を練り、一番自然に見えるタイミングで志願したのだった。

「ならぬ。エイジャクス、お前は騎士団長に就任しろ」

国王はエイジャクスの希望を一蹴する。ネバンドリアは平和な国だ。エイジャクスほどの腕を持つ騎士をレジーナ王女につける必要はない。

さらに王女の次の一言はエイジャクスを激しく動揺させた。

「ありがとうエイジャクス。でも随行騎士はエルダに決めたのよ」

「なっ？　し、しかしアイツはダリウス殿下と娶せるはずでは？」

てっきりダリウスといい感じになっているものだとばかり思っていたのに。

「ダリウスとうまくいっていないらしくて。泣きついてきたの。とりあえずは連れていくわ。もし誤解が解けたら後から別の人と交代させることもできるから」

「いえ、しかし……私のほうが護衛としては……エルダ・ラゴシュは剣の腕もイマイチですし……」

「エイジャクス。あなたがとっても強いことは知ってるわ」

レジーナ王女に微笑まれ、エイジャクスの顔が赤くなる。

「だからこそ、あなたには騎士団長としてこの国のために尽くしてほしいの」

「………………」

ちょっと持ち上げられて、思いっきり落とされた。

（うう……私は国ではなく、あなた様に尽くしたいのです！）

エイジャクスは涙目である。

「とにかく!!　私は騎士団長にはなりません！　では失礼いたします」

エイジャクスは国王にそう告げると勢いよく部屋を出ていった。向かう先は……ダリウスの執務室だ。

（エルダ・ラゴシュ……あ奴め許せん！！！！！）

エイジャクスは顔を真っ赤にして怒り狂っている。自分の計画を邪魔されたも同然だからだ。怒りのあまり血管が切れそうだ。

（レジーナ様の優しさに付け込んで……失恋で同情を買いやがったな、卑怯者め）

（いざとなったらお前を殺してでも俺はレジーナ様についていくからなっ!!）

ドスドスと足音を立ててやってくるエイジャクスに、ドアの外で護衛をしているアランが気づいた。

「まお……エイジャクス隊長？　こんな昼間からどうしたんです？」

「どけ!!」

エイジャクスはアランを突き飛ばすと、ノックもせずにダリウスの執務室のドアを乱暴に開けた。

「まお……隊長？」

「エイジャクス？」

ダリウス王子に挨拶もせずにエイジャクスはエルダの腕を乱暴に掴む。

「ちょっと来い！」

「な、な、何すんですか!!　一応勤務中なんすけど！」

エルダがギョッとして抵抗すると、エイジャクスは舌打ちをしてエルダを抱え上げた。

「キャ!!　何すんですか!!　下ろして下さい～！」

「殿下、こいつちょっとお借りします」

と恐ろしい顔でダリウス王子に断りを入れると、エルダを抱えて連れていってしまったのだった。

残されたダリウス王子とアランは呆然《ぼうぜん》とエイジャクスの背中を見つめる。

「え……な、何？」

「魔王の奴、興奮して赤い顔してましたね。もうエルダしか目に入ってない感じで」

「そ、そうだな、確かに」

「おまけにお姫様抱っこして行きやがりましたよ」

「な、な、なんで……」

「これは多分アレですね。恋愛小説で誤解が解けて二人が結ばれる場面。もう我慢できない、今すぐ君を抱きたい……ってね」

ガシャ、ガシャーン!!

ダリウスは盛大にロウソク立てをひっくり返し、執務室を飛び出すとエルダたちを追った。

「おい、レジーナ様の随行騎士の希望を取り下げろ」

エイジャクスは王宮の庭の人けがないところに着くと、早速用件を切り出した。

「は？　嫌ですよ。私はレジーナ様についていきます」

エイジャクスは乱暴にエルダの腕を捻り上げる。

「行くのは俺だ。お前は申請を撤回するんだっ」

「なんで？　私はレジーナ様と行きたいんです」

「俺もだ」

「だからなんでですか？　私はダリウス殿下の姿を見るのが辛いからここを離れたいんです！」

「それは……」

理由をエイジャクスは言うことができない。知られれば行かせてもらえなくなるだろう。

「あーまさか隊長、レジーナ様のこと好きだったりして？」

「…………!!」

単なる当てずっぽうだったが、エルダは地雷を踏んでしまったらしく、エイジャクスの顔色が変わった。

（……バレた……！）

レジーナ王女のそばにいるためには絶対にバレてはいけない秘密。エイジャクスが人生で唯一譲れないもの。

エルダの腕を摑むと、乱暴に大木に押しつけ、身動きできないようにする。壁ドンならぬ木ドンだ。そして世にも恐ろしい顔で、脅しをかけた。

「貴様……誰にも言うなよ」

「う、嘘！　図星っ？」

「……もし言ったら……」

エイジャクスはエルダの耳元に口を近づけ、地獄の底から聞こえてくるような声で言った。

「貴様を殺してやる……」

「ひぃぃいいい!!」

運悪く、そんな二人の様子を追いかけてきたダリウスが目撃する。

エルダの両手を木に押しつけ、覆いかぶさるエイジャクス。そしてそんなエイジャクスに抵抗を見せないエルダに、ダリウスは顔から血の気が引いた。

エルダとエイジャクスが恋仲であることは承知しているし、キスだってしていることも知っていた。だけど実際に二人が触れ合っているところを目の当たりにした衝撃は想像を遥かに超えたものだった。ダリウスは握り締めた自分の手が冷たくなっていくのを感じる。

言うべきことを伝えたエイジャクスが立ち去った後、エルダは衝撃のあまりしばし呆然としていたが、苦しい恋をしている者同士、親近感を覚えた。

（いずれ自分がダリウス王子のことを吹っ切れたら、随行騎士の座を交代してあげよう）

たとえ結ばれなくてもそばにいたいという気持ちは痛いほどわかるから。

「ふふ……魔王がねぇ」

なんだか優しい気持ちになり、エイジャクスの後ろ姿を眺めながらクスリと笑う。

そんなエルダを見てダリウスの中で何かがプツリと音を立てて切れた。

――僕は……君とエルリアーナのどちらかを選べなくてこんなに苦しいのに。

――君が間もなくこの国を去ると思うと焦りで夜も眠れないのに。

――君はエイジャクスを想って幸せそうに微笑むんだね。


「楽しそうだね」

底の見えない暗い海のような目をしたダリウスが、茂みの後ろから姿を現す。

「殿下？　なぜこ…………っ!?」

ダリウスは問いには答えずエルダの顔を両手で押さえると、グイッと唇を押しつけた。

噛みつくような乱暴なキス。普段の優しく穏やかな第二王子からは想像もつかない荒っぽさで。

エルダは両手をバタバタさせ、ダリウスを引き剝がそうとするがビクともしない。エルダの抵抗がダリウスをさらに逆上させる。

（エイジャクスには抵抗しなかったくせに……）

君に花束も贈らない、君が隣国に行くのを引き止めもしない、君と結婚をする気なんてさらさらない………そんな男が君に触れるのをなぜ許す？　渡さない。エイジャクスにも誰にも渡したくない。君は僕のものだ。僕だけを見て。あいつに渡すくらいならいっそ…………

パシン！

乾いた破裂音が響き、同時にダリウスの頬に熱い痛みが走る。エルダに頬を打たれたダリウスはハッと我に返った。

エルダの大きな紫の瞳からポロリと涙がこぼれる。

「エルダ……」

「な、なんで……なんでこんなことするんですか？」

自分にキスされるのはそんなに嫌なのかとダリウスは傷つく。

「僕は……僕が好きなのは……」

エルダを前にすると今度はエルリアーナの笑顔が脳裏に浮かび、ダリウスは言葉に詰まる。エルダに『君が好きだ』と言えればどんなに良かっただろう。

でも言えないのだ。この期に及んでもなおエルダとエルリアーナのどちらか片方に決められない。ダリウスは自分が不甲斐なくて、エルダから顔を背ける。

「酷い……あ、あんまりです！」

エルダはダリウスを突き飛ばすと、泣きながら走り去っていった。

残されたダリウスは木の下に座り込んで頭を抱える。

自分の頬を打って涙をこぼしたエルダ。バルコニーで目に涙をいっぱいためていたエルリアーナ。二人の泣き顔を思い出し、胸が締めつけられた。

自分は二人の女性を泣かせてしまった。この手で幸せにしたかった大切な女性を。

エルリアーナとエルダ……大好きな二人をぼんやり思い浮かべる。

エルリアーナの笑顔。エルダの笑顔。

エルリアーナの瞳。エルダの瞳。

（ん？）

エルリアーナの香り。エルダの香り。

エルリアーナの髪。エルダの髪。

（んん？）

何かが引っかかった。

（んん？　あれ……何かを思い出しそうな気が……）

エルリアーナの手。エルダの手。

（なんだろう……何か……こう……喉まで出かかっているんだけど）

何か重要なことを見落としている。本能がそう告げていた。

ダリウスが一生懸命頭を回転させていると、

「魔王の奴、ふざけんな！」

「だな。無責任すぎじゃね？」

カークとアランの怒鳴り声に思考を中断された。二人はギャアギャア怒りながら歩いてやってきた。

「あっ、殿下。どうされたのですか？　地べたに座り込んで」

「カーク。君たちこそ何をカリカリしてるの」

「『聞いて下さいよ！』」

二人は声を揃えて苛立ちをぶちまける。

「魔王の奴が、近衛を辞めるって言い出したんです！」

「エイジャクスが……」

「国王陛下がネバンドリア行きを許さないので、騎士を辞めて勝手に行くつもりらしいです」

カークとアランは国王宛の手紙をエイジャクスから預かっているらしい。二人はそれを届けに、王宮に向かった。

「そうか……エイジャクスの奴……」

随行騎士に選ばれたエルダと離れたくないから、全てを捨てて一緒に行くことを選んだのか。エイジャクスが騎士の身分を捨てるのは簡単なことではないはずだ。孤児だった彼が血を吐く思いで頑張って手に入れた今の地位。さらには約束された騎士団長のポストまで捨てるのだから。

優柔不断な自分と、愛のために迷うことなく全てを捨てられるエイジャクス。

（ああ……とても敵わない）

ダリウスの頬を涙が伝う。エルダがエイジャクスを選ぶのは当たり前だ。いざという時には男らしいエイジャクスにエルダも惹《ひ》かれたのだろう。花やプレゼントを贈ることしか思いつかない幼稚な自分が恥ずかしい。

エイジャクスならきっとエルダを幸せにしてくれるに違いない。自分は潔く身を引くべきだ。頭ではそう思っても胸がえぐられるように痛い。

この期に及んでも二人を祝福できない自分はなんて心が狭いのだろう。やりきれない気持ちで、ダリウスは膝を抱え項垂れた。


国王陛下は近衛のカークとアランから手紙を受け取った。

「エイジャクス隊長より、陛下に渡してほしいとのことです」

（なんだか嫌な予感がするな……）

眉間に皺を寄せ、国王はその手紙を開く。そこには恐ろしく汚い字で一言書いてあった。

『騎子野めマす。　えイジやくす』

「キコ……ノめ……？　なんだこれは？？　辞表なのか？」

　孤児だったエイジャクスはまともな教育を受けていない。だからこの手紙のヘタクソさは仕方がないとしても辞表は困る……。

　エイジャクスは騎士を辞め、一市民として勝手にネバンドリアに行くつもりだった。『たまたま向かう方角が同じだった』と言い張って、レジーナ王女の行列にくっついていこうと企《たくら》んでいる。そして門衛でも下働きでもいいから、なんとかしてネバンドリアの王宮で雇ってもらうのだ。

「認めんぞ!!　辞表は受け取らん！」

　国王は怒って、手紙を丸めて床に投げつけた。困るのだ。エイジャクスに騎士団長になってもらわないと、隣国との均衡が崩れ大変なことになる。他国に行かれるのはもっと困る。

　国王にはエイジャクスが考えていることがさっぱりわからなかった。

「なぜなんだ？　ネバンドリアにあってカロニアにないものなんてないだろう？」

　ネバンドリアにあってカロニアにないもの。

　それこそがエイジャクスが望むたった一つのものだった――。

✦

レジーナ王女がネバンドリアに向け出発する日がやってきた。

馬車五台と、護衛には戦闘部隊選《え》りすぐりの精鋭二〇名。この二〇名はレジーナを送り届けたらカロニアに引き返す。侍女が一名レジーナの馬車に同乗し、この侍女はネバンドリアに嫁いだ後もずっとレジーナに仕える予定だ。レジーナの馬車の脇には近衛騎士一名が馬で伴走する。この騎士もネバンドリアにとどまり、遠い異国でレジーナを守る盾となる。

王宮の広場は見送りに来た大勢の貴族でごった返していた。そんな中、国王陛下はまだ諦めずにエイジャクスを説得しようとしていた。エイジャクスは勝手に馬に乗り、エルダとは反対側の馬車の窓の横にピッタリくっついている。このまま、レジーナの馬車と一緒にネバンドリアまで行く気満々だ。

「おいエイジャクス！　いい加減にせんか。馬から下りろ！」

「…………」

国王を完全無視するエイジャクス。

「レジーナに随行することは認めんぞ！　お前は騎士団長になるのだ！　聞いているのかエイジャクス！　おい！」

人に無視されることなんて生まれて初めての国王は、血圧が上がって目眩《めまい》がした。王太子はそんなエイジャクスの様子を見てため息をつき、

「王女を隣国まで送り届けたら、エイジャクスに薬でも盛って眠らせ、連れ帰ってこい」

護衛の戦闘騎士に極秘任務を与えたのだった。

王女の友人たちは皆涙を流して、別れを惜しんでいる。しかし王太子の婚約者であるラナだけは涙も見せず、気丈に振る舞っていた。

（一番不安なのはレジーナなんだから、私が泣いてはダメ！）

幼い頃に王太子の婚約者になったラナはレジーナ王女と一緒に教育を受けて育ち、身内も同然だった。二人は親友でもあり、姉妹のような間柄でもあったのだ。

「カロニアとネバンドリアの未来の王妃同士が親友って最高じゃない？」

ラナはおどけてレジーナにウィンクしてみせた。

「私たちが王妃になったら、公式に交流できるような行事を作っちゃいましょうよ」

レジーナもラナの手を握って微笑む。

「ふふ……そうね。ラナ、お兄様をお願いね。カッコつけてるけど、案外ヘタレだから」

「ヘタレとはなんだ失礼だな！　レジーナ、向こうで困ったことがあったらすぐに連絡しろよ、いいな？　我慢するんじゃないぞ。お前には大国カロニアがついている。舐《な》めた真《ま》似《ね》をする奴がいたら目に物を見せてやれ」

心配性のバシリウス王太子はその後もあれこれ細かい言伝を残した。

弟のダリウス第二王子がおずおずと進み出る。

「姉上、どうぞお元気で……」

エルダのことをよろしく……と言おうとして言葉を飲み込んだ。

「ダリウス……」

レジーナは幼い頃から可愛がってきた弟の頭を撫でる。失恋でやつれた顔をして、しょんぼり背中を丸めている弟を見て心が痛んだ。

「ねえ、ダリウス覚えてる？」

レジーナはワンコのような可愛い弟に優しく話しかける。

「小さい頃、お兄様がいたずらしてダリウスと私のぬいぐるみを入れ替えたことがあったじゃない？」

レジーナとダリウスのクマはどちらも騎士の服を着ていて、作りが全く同じである。

バシリウスがいたずらで二つを入れ替えたことがあった。ダリウスのヨダレがついた汚いクマを知らずに抱っこしたレジーナに、悲鳴をあげさせるのが狙いだったのだが。

レジーナが気づくより先にダリウスが気づいた。レジーナのクマを抱っこした瞬間にダリウスはそのクマを床に放り投げ、「僕のクマちゃんを返して！」とギャン泣きして周りを驚かせたのだ。

「あなたは自分の好きなものがなんなのか、ちゃんとわかる子だって信じてるわ」

二人の女性の間で揺れている弟に向けた言葉であることをダリウスも察した。

「あ、あのクマは……なんというか……直感で……」

「ならば、今度も自分の直感を信じてみたら？」

「…………」

ダリウスは項垂れる。その直感がちっとも役に立たないのだ。

（二人とも同じくらい好きなのです、姉上……）

そう思いながらチラリと馬上のエルダを見る。エルダはダリウスと目を合わせてはくれない。

（エルダ行くな！　行かないでくれ……）

ダリウスの心の叫びはエルダに届くことはなかった。

国王と王妃が最後にレジーナに声をかけると、いよいよ出発だ。お輿入れ行列はゆっくりと進みながら王宮の門を出る。やがてレジーナ王女の馬車が見えないほど小さくなると、見送りに来ていた貴族たちは徐々に散らばっていった。

胸の中にポッカリ穴が空いたような喪失感を抱えながら、ダリウスは一人その場に立ち尽くす。執務室に戻っても、もうエルダはいないのだ。

「ダリウス殿下」

不意に背後から声をかけられる。フィービー会長だ。レジーナの見送りに来ていたのだろう。

「レジーナ様が他国に嫁がれて、寂しくなりますわね」

「……ああ」

「あの、ところで」

フィービー会長が少し不満げに漏らす。

「エルリアーナ様はお見送りにいらっしゃらないのですね。いつも夜会でレジーナ様とご一緒だったから、仲良しなのだと思っていたのですが」

ダリウスもエルリアーナが見送りに来ていないことには気づいていた。

（それは多分……僕が彼女を傷つけたから。僕と顔を合わせるのが嫌だったんだろう）

「困ったわ……実は私、エルリアーナ様の落とし物をお預かりしているのです。今日お返ししようと思っていたのに……」

そう言うとフィービー会長は片方だけのイヤリングを取り出した。

ゴールドと琥珀《こはく》のイヤリング。エルリアーナよりレジーナ王女に似合いそうだなとダリウスは思った。

「それ、本当にエルリアーナが落としたのかい？」

「ええ。だって、落とす瞬間を見たのですもの」

フィービー会長は二階の窓を指差す。

「あの、角を曲がってすぐの、二階の窓から飛び降りた時に落とされたのですわ」

――はい？

「んん？　なんだって？　二階の……窓とは？」

「ええ。まるで女豹《めひょう》のようにあの窓からヒラリと飛び降り、地面に着地するとでんぐり返しをしてシュッと膝をついて……もうカッコいいのなんのって……思わず見惚れてしまいましたわ」

「ちょ、ちょっと待って!!　君、何を言ってるの？」

「何を……とは何を？」

ダリウスの頭は混乱を極めていた。エルリアーナが二階の窓から飛び降りて……？？？

「初めてエルリアーナ様に会った時も、一回転してワイングラスを空中で受け止め、同時に転びそうになった私を抱きとめて下さって……私、あの瞬間に恋に落ちたんですの」

「…………………？」

ダリウスは目を剝いて、口をパクパクする。驚きのあまり声が出ない。

二階の窓？　一回転？　空中で受け止め？

……フィービーの言葉が頭の中でぐるぐる回る。

ふと以前、エルリアーナを追跡しようとして見失ったことを思い出す。廊下の角を曲がったら忽然と姿を消していたのだ。

あの時か？　あの時……窓から飛び降りたのか……？

身元が不明のエルリアーナ。住所がわからないエルリアーナ。カークとアランが追跡に失敗するエルリアーナ。一体彼女は何者なのか。

窓から飛び降り、地面で一回転するなんて。そんなこと普通の令嬢にできるわけない。

――騎士でもない限り。

同じ色の瞳。同じ香り。なぜ気がつかなかった？

ダンスの時に触れたエルリアーナの手には——剣ダコがあった。令嬢の手にあるはずのない剣ダコが。エルダと同じ剣ダコが。

『——目ではなく、心で見よ。耳ではなく、心の声を聞け』

城下で会った占い師の言葉を思い出す。

『あなたは自分の好きなものがなんなのか、ちゃんとわかる子だって信じてるわ』

先ほど姉のレジーナ王女がくれた言葉も。

化粧とドレスだけで、僕の目はいとも簡単に騙されてしまったけれど。

僕の心は——最初からちゃんとわかっていたのだ。自分の愛する人が誰なのかを。

女性が苦手なはずなのに、初対面からなぜか一緒にいて心地よかったエルダ。一目惚れしたエルリアーナ。

姿形は違っても、僕の心は誤魔化されはしなかったんだ。

一ミリのブレもなく、一秒の迷いもない。出会った瞬間から、僕の愛する人は……

——彼女ただ一人。

「フィービー会長ありがとう!!　一生恩に着る！」

そう言うとダリウスは王宮に向かって走り出した。

王族の居住区内のこぢんまりしたラウンジ。可愛らしいマホガニーの丸テーブルを囲んで国王一家はお茶を飲んでいた。

隣国へと旅立ったレジーナ王女に思いを馳《は》せ、しんみりとしていたところに血相を変えたダリウスが転がり込んできたのだった。

「あらダリウス。お前もお茶を頂きに来たの？　今日は濃いめの紅茶に生のフルーツを入れたお茶が……」

「父上、母上!!　エルリアーナはエルダだったのですかっ」

「………そうだが？」

だからどうしたと言わんばかりの表情で国王がティーカップをソーサーに置く。

バシリウス王太子もため息をつく。

「あー。だからお前は別の貴族の令嬢に心変わりしたのか」

「騎士のお嫁さん、私はいいと思ったのだけど……。やはり女性らしい人がいいのね」

王妃が残念そうにこぼす。

「？？」

何やら誤解があるようだが、今は説明している時間はない。エルリアーナとエルダが同一人物であることを確認できさえすればいい。

「父上、申し訳ありませんが、姉上の随行騎士はやはりエイジャクスでお願いします」

「は？　おい！　それは困る！」

「ダリウス待て！　待つんだ！」

国王と兄が騒ぐも、ダリウスの耳には届かない。第二王子は全力で厩《うまや》に向かって駆け出していた。

# 第六章　もつれた糸をほどいて

はやる気持ちを抑えながら、ダリウスは馬でレジーナ王女の一行を追った。

王女の馬車は王都の中心部を抜けた後、南に延びるスーデンテ街道からネバンドリアに向かう。ダリウスは人の多い中心部を避け、少々遠回りになるが、人通りの少ない道を行くことにした。焦るあまり、事故でも起こしては元も子もないからだ。

（――ああ早くエルダに会いたい。会ってこの想いを伝えたい。僕が好きなのはずっと君一人だけだと）

さっきまで悩んでいたのが嘘のようだ。一片の曇りもない心で堂々と愛していると言えることが嬉しい。彼女の心がもう自分にないとしても、諦めない。エイジャクスから取り戻してみせる、絶対に。

馬と馬車では圧倒的に馬のほうが速い。ダリウスは程なくしてレジーナたちに追いついた。行列は王都の中心部を抜けて、スーデンテ街道に乗ってすぐのところにいた。

「おーい！　停まってくれ！」

ダリウスは叫びながら行列に近づく。

先頭から二台目の馬車にレジーナと侍女が乗っており、その両脇を馬に乗ったエルダとエイジャクスが守っている。

「ダリウス殿下？」

「おい馬車を停めろ！　ダリウス殿下だ！」

一行は突然現れた第二王子に驚くも、すぐに馬車を停めた。

「まあダリウス！　どうしたの。私何か忘れ物でもしたかしら？」

馬車の窓からレジーナが顔を覗かせる。

驚いた様子で探るような視線を投げかけてくるエイジャクスとは対照的に、赤い髪の女騎士は唇をきゅっと結び、前方を向いたまま目を合わせてくれない。

（エルダ愛してる……僕の心は君だけのものだ）

すぐにでも駆け寄って熱い思いの丈をぶつけたいのをぐっと堪え、ダリウスは、表情を引き締めるとエイジャクスの前に立ちはだかった。エルダに想いを伝える前に、乗り越えなくてはならない壁があるのだ。

腰の剣を抜いて、エイジャクスに向ける。

「エイジャクス……。申し訳ないが彼女《エルダ》のことは諦めてくれないか。それが無理なら、彼女を賭けて僕と勝負しろ」

（どんな手段を使ってでも、誰に恨まれようとも、絶対にエルダを手に入れてみせる……）

剣でエイジャクスに勝てるはずはない。相手はプロだ。しかも折り紙付きの。レベルが違う。でも時間無制限の持久戦で、片方がギブアップするまでなら……。

エイジャクスはダリウスの言葉に青ざめた。ダリウスの言う『彼女』はレジーナ王女のことだと思ったのである。

（殿下は国王陛下に言われ、自分を連れ戻しに来たに違いない）

（ダリウス殿下に負けたら、レジーナ様のそばにいることは諦めて、騎士団長になれ、ということか？）

エイジャクスが密かにレジーナ王女に想いを寄せていたことがバレてしまったのだ。絶望のあまり、エイジャクスはブルブル震え出した。ヨロヨロと馬を下り、ダリウスの前でガバッと地面に平伏した。

「エイジャクス？」

「私は何があっても彼女《レジーナ様》を諦めることなどできません」

「な……！」

予想外のエイジャクスの反応にダリウスは動揺する。てっきり、余裕の表情で勝負を受けると思ったのに。

「殿下……お願いでございます。このまま見逃して下さい。もし、どうしてもそれができないというのであれば……今ここで手討ちにして下さい」

エイジャクスは土下座をしながらポロポロ涙をこぼした。ダリウスとエルダとレジーナはびっくり仰天する。

「彼女《レジーナ様》のおそばに在ることだけが私の唯一の望みです。それが叶わないならば、生きることになんの意味がありましょう」

（イマイチ話が読めないけど……魔王ったらそれほどまでにレジーナ様のことを）

エルダは感動した。

（エイジャクスにそれほどまでに想う女性が……なんという深く尊い愛でしょう）

まさかその対象が自分であるとは夢にも思わず、レジーナも感動した。そして泣いているエイジャクスが可哀想で、抱きしめてあげたいと思った。

ダリウスはギリリと唇を噛む。

（そんなにエルダと一緒にいたいのか。でもなんで『おそば』って『お』をつけるんだ？）

部下に対する言葉遣いにしてはやけに丁寧なのが気になるが、『騎士を辞めます』を『騎子野めマす』と書くような奴だから、そんなものなのかもしれないと納得する。

「お願いでございます。この命に代えても彼女をお守りし、決して迷惑は掛けません。この剣に誓います……だから……」

エイジャクスは涙と鼻水で顔をぐしゃぐしゃにしながら、必死で訴える。

「わ、私は騎士団長になって多くの人を救うより……彼女《レジーナ様》のそばで生きたいのです。だから……き、騎士団長には……なれません」

「ん？　騎士団長にならなくていいから、彼女《エルダ》のことは諦めて彼女《エルダ》の代わりにネバンドリアに行ってほしいんだけど」

「は？　レジーナ様の代わりにネバンドリアへ……ですか？　だ、誰が？」

「え？　は？　なぜ姉上が出てくる？」

「え？　私がどうかして？」

いきなり自分の名前が出てきてレジーナは困惑した。何かが噛み合っていない。おかしい。

「ちょっと待ってくれ、何かおかしくないか？」

四人が状況を整理しようと口を開きかけたその時――


「おお～い!!」

「良かった～！　追いついた～!!」

手を振りながら、こちらに向かって走ってくる二つの人影。見知らぬ男女がハアハア息を切らしながら近づいてくる。

「レジーナ王女だな？」

嬉しそうにレジーナ王女に近づこうとする見知らぬ男に、エルダとエイジャクスが同時にシャキーン！　と剣を向けた。

「ま、待て、怪しい者ではない！」

ごく普通の平民のような服装をした若い男女である。が。エルダは、この男女にどこかで会ったような気がした。

男は息を整えると、粗末な服からは想像もつかないほど美しい所作でレジーナに向かってお辞儀をした。

「初めまして、レジーナ王女。ネバンドリアの王太子のマクシミリアンだ」

ネバンドリアのマクシミリアン王太子……レジーナの婚約者である。

「はあぁ?」

「おいなんの冗談だ!!」

エルダとエイジャクスは激怒した。ふざけるにも程がある。不敬ではないか。

「「…………………」」

なぜか無言のレジーナとダリウス。そんな馬鹿なことがあるはずないと思いつつも、この青年の物腰から自分たちと似たような匂いを感じ取ったからである。粗末な服でも隠しきれない、高貴な生まれ。本当に王太子マクシミリアンかどうかは別としても、ただの平民ではないだろう。

「ほ、本当なんだ! どうしたら信じてもらえるかな」

男はしばらく考え、そして思い出したようにポンと手を叩いた。

「『カロニアの王女とネバンドリアの王太子との婚約を解消せよ。さもなくば王女の身に危険が及ぶであろう――』『ネバンドリア王太子とレジーナ王女との婚約は破棄したほうが良いと思う』『カロニアの王女の婚約を一刻も早く破棄して下さい。お願いします』あの三通の手紙を出したのは私だ」

「…………………!」

あの手紙の文をここまで詳細に知っている者は限られている。ネバンドリアの王太子であるかどうかは別としても、目の前の男が送り主で間違いないだろう。

「お前が犯人かぁ!!」

エルダが男の喉元に剣を向ける。

「エルダ・ラゴシュ、殺《や》っていいぞ」

エイジャクスも頷きながらエルダにゴーサインを送る。

「ちょ、ちょっと待て！　話を聞いてくれ!!」

「いいわ。お話を伺いましょう。まだあなたが王太子だと信じたわけではないけれど」

エイジャクスがレジーナを守るようにサッと前に立つ。

「ありがとう」

男は優雅にレジーナにお礼を言い、語り始めた――。


男はネバンドリア王家唯一の男児として生まれた。名前をマクシミリアンといい、きょうだいは姉が一人いる。

ネバンドリアは軍事的にも、経済的にもカロニアと比べ弱い立場にある。そのため父王の強い要望で、マクシミリアンは幼くしてカロニアの王女の婚約者となった。

ところが今から三年ほど前、彼に運命の出会いが訪れる。マクシミリアンが一九歳の時のことだ。お忍びで降りた市井で平民の娘と出会い、一目で激しい恋に落ちてしまったのである。

周りは当然大反対だ。だが、諭され、脅され、あらゆる妨害にあっても、二人の気持ちは変わらなかった。カロニア王国との婚約を白紙に戻してほしいと申し入れるが、父は取り合ってくれない。王位継承権を放棄しようとしても認められず。直接カロニアに手紙を送ろうともしたが、検閲され止められる。一年以上根気強く父の説得を続けたが無理だった。

ついにマクシミリアンは駆け落ちをすることに決める。駆け落ちしてもなお、父王は隣国との婚約を破棄しない。それどころか、駆け落ちの事実をカロニアに隠して婚約を継続しようとした。婚儀までにマクシミリアンを探して連れ戻せば良いと考えているのだ。

もうカロニア王国のほうから婚約を破棄してもらう以外方法はない。そこで、頑張って追手をまいてカロニアまで逃げてきた。

「事情を説明するため、何度もカロニアの王宮に出向いたんですが、門衛に追い返されてしまって……」

何度も何度も王宮を訪れるが相手にされない。ネバンドリアの王宮で病気で臥せっているはずの王太子が、従者も連れずフラリと徒歩で現れようとは誰も思わないからだ。

それで……脅迫状を送ることを思いついたのだった。

「まあ、ではずっとカロニアにいらしたの？　どうやって生活を？」

「持ち出した宝石を売って部屋を借りて……それ以外は」

王太子の恋人の女性が恥ずかしそうに言う。

「……占い師をヤリマシタ。元手も必要ないノデ」

女性の強い異国訛りを聞いた瞬間、四人の記憶に一人の人物が浮かんだ。

「「「「あーっ！　あの占い師⁉」」」」

「王宮に行っても取り次いでもらえないので、レジーナ王女が孤児院を訪問される時に捕まえて話をしたいと思っていた。だが運悪く、私がいない時だったようで。彼女一人では事情を説明するのはさすがに難しくて……」

「だからあの時、お金も取らずに『南に行くな』って言ったのね」

「はい、スミマセン」

「レジーナ王女」

ネバンドリア王太子であるマクシミリアンはレジーナの前に跪き首《こうべ》を垂れた。

「あなたは素晴らしい王女だと噂に聞いている。あなたにはなんの落ち度もなく、私には勿体ないほどの大国の王女だということも承知している……」

マクシミリアンはゆっくりと顔を上げ、レジーナを見つめる。そして申し訳なさそうに、だがはっきりと言った。

「しかし……私は真実の愛を知ってしまった。国政も顧みず、色恋に溺れる愚かな男と笑ってくれて構わないから……どうかこの婚約を破棄してもらえないだろうか？」

レジーナは目の前の王太子を名乗る男と、横で青ざめ俯く少女を眺めた。男は震える少女の手をぎゅっと握っている。

「真実の愛……か。……素敵ね」

レジーナがぽそっと呟く。

「私も……恋愛に憧れてたから、気持ちはわかるわ。身分違いの恋、いいじゃない。応援するわ」

そして、凛《りん》とした声で言った。

「ネバンドリア王太子マクシミリアン様。あなたとの婚約を破棄させていただきたく存じます！」

「レジーナ王女！」

「ありがとうございます」

ネバンドリアの王太子とその恋人は跪いたままハラハラと涙をこぼした。


シャキーン！


不意に金属が風を切る音がしたかと思うと、次の瞬間マクシミリアン王子の長い髪の毛が一房切り落とされ地面に散らばった。

「——許さない」

「きゃあっ！」

「エイジャクス‼」

エイジャクスは剣をマクシミリアン王子に向ける。その瞳は激しい怒りの炎で揺れていた。

「レジーナ様の経歴に傷をつけ、人生をめちゃめちゃにしたお前を絶対に許さない」

「エイジャクスやめろ！」

ダリウスが叫ぶが、その声はエイジャクスの耳には届かない。

「なぜもっと早くに婚約を破棄しなかった？　こんな土壇場で……今更……」

こめかみに青筋を立て、怒りのあまり瞳孔が開ききっている。

（うわ……本当に『魔王』だ）

普段エイジャクスを見慣れているエルダも青くなるほどの凄《すさ》まじい怒り。そしてその恐ろしい顔のまま、エイジャクスははらはらと涙をこぼし始めた。

「婚約を破棄するのなら、今すぐ貴様以上の条件の男を代わりに連れてこい！　このままレジーナ様を放置するのはあまりに無責任だろう。貴様だけ幸せになるのは俺が許さない!!」

「…………………」

「お前よりレジーナ様を愛し、お前よりレジーナ様を理解して、お前よりレジーナ様を幸せにできる男を今すぐ連れてこいと言っているのだ！」

その場にいた一同はポカンとしてエイジャクスを見ていた。エイジャクスの号泣しながらの怒号が辺りに響く。

「レジーナ様がお前なんかと結婚しなくて良かったと思えるくらい、幸せになれる相手を出せぇぇっ!!　レジーナ様は幸せにならなくてはいけないのだっ!!」

喉元に突きつけられた切れ味の良さそうな刃先に怯えながら、マクシミリアン王太子は小さく独り言を漏らす。

「……その条件に合致する人物なら一人思い当たるような気がするんだが……」

横にいる彼の恋人も、震えながら頷く。ただ、怖すぎて口には出せない。目の前の地獄の悪魔のような男に向かって『それ、あなたが適任なんじゃありませんか？』……なんて。

「そうだ……」

エイジャクスは何かを思いついたようにネバンドリアの王太子の顔を見て、ニヤリと笑った。

「俺が今お前を殺れば……レジーナ様は婚約破棄されたことにはならないな。不幸な事故に巻き込まれそうになった気の毒な王女様のほうが……」

「エイジャクス？」

「隊長!!　馬鹿な真似は」

「ひっ……や、やめろ！　嘘だろ？　おい」

エイジャクスの目に殺意を感じ、マクシミリアン王太子は血の気を失う。

エイジャクスは持っていた剣を大きく振りかぶって――

「エイジャクス！　やめて！」

レジーナが背中からエイジャクスに抱きついた。噴火寸前だった火山が瞬く間にシューっと鎮火する。

「レ、レ、レジーナ様?」

煮えたぎる殺意から一転、エイジャクスは恋する乙女のように頬を染め、あわあわしている。

「私のために怒ってくれてありがとう。でも私は全く気にしていないわ」

「し、し、しかし……」

レジーナはエイジャクスの背中から身を離し、正面から彼に向かって微笑んだ。

「さあ。王宮に戻りましょう」

ダリウスの頭は混乱を極めていた。

今のエイジャクスの言動は一体なんだ?　さっきの自分との嚙み合わなかったやりとりも。嘘だろ?　まさか……。

「ひょっとして……エイジャクスは姉上のことが好きなのか?」

「ええ。実はそうなんですよ。口止めされてましたけど、もう言っちゃっていいですよね」

エルダがすっきりした表情で言うと、ひらりと自分の馬に跨《またが》った。ダリウスとは目を合わせずに。

「え?　君はそれを承知しているの?　ねえ」

レジーナ王女の一行はUターンをすると、来た道を戻り始めた。ネバンドリアの王太子とその恋人は荷物が乗った馬車に一緒に乗せられ、逃げられないよう周りを騎士にぐるりと取り囲まれ王宮へ連行される。エルダとエイジャクスは来た時と同じようにレジーナの馬車の両側を馬で歩く。

最後尾についたダリウスはエルダの背中を眺めながら、頭の中で情報を整理する。

『私は騎士団長になって多くの人を救うより彼女のそばで生きたいのです。だから……騎士団長には……なれません』

（あれは姉上のことだったのか。だからエイジャクスは騎士団長のポストを拒み続けていたのか……）

……と、なるとエルダとエイジャクスが恋人同士であるというのは……間違いなのか？

「そうか……エルダの片想いだったんだな……」

初めてエルダに会った時、好きな人が騎士の中にいると言ってたっけ。エイジャクスがレジーナについてネバンドリアに行くことを知っていて、自分もついていこうとしたに違いない。

隣国の王太子妃になるレジーナは、エイジャクスと結ばれることはない。だからエルダはついていけばいつかはエイジャクスに振り向いてもらえると思ったのだろうか。

『重量のある長剣を片手で横に振った時に体の軸がブレない男性』

『髪の色は……濃い色、そう、黒が好きなのです』

『キリッとした強面で笑わない人がいいですわ』

以前エルリアーナが語った理想の男性像。

(あれは全てエイジャクスのことだったんだ)

焼けつくような嫉妬がダリウスを苛む。

でも。

エルリアーナとの初めてのキス。あの時、確かにエルリアーナと心が通じ合ったように感じたのは自分の勘違いだったのだろうか。懸命なアプローチに彼女も少し心が揺れつつあったのかもしれない。

(なのに僕ときたら)

自分から最初に告白しておきながら。他に好きな人がいると告げるなんて……最低すぎる。だからエルリアーナ、いやエルダの心はエイジャクスに戻ってしまったのだろう。その結果、彼女は……今度はエイジャクスに失恋するハメになった。僕のせいで……何度も辛い目に遭わせている。

エルダ……もう一度君を振り向かせるには……僕はどうしたらいい？

✦

先刻送り出したばかりの娘が戻ってきて、国王夫妻は肝っ玉がひっくり返るほど驚いた。そして事情を聞き、国王が激怒したことは言うまでもない。釈明を求め、すぐさまネバンドリアに使者を送った。

マクシミリアン王太子については、すぐに本物であることが確認される。落ち着くまで客人として王宮に滞在することとなったのだが、実のところは体《てい》のいい人質であった。

王太子の駆け落ちを隠蔽したままカロニアとの婚約を継続しようとした。ネバンドリア国王の行為は到底許されることではない。カロニア王国のネバンドリアに対する信頼は失われ、返答次第では戦争をも辞さない構えなのである。

そうなると、一つ厄介な問題がある。それはカロニア王国の騎士団長のポストが空白であること。エイジャクスはあの辞表もどきを提出して騎士を辞めた。……少なくとも本人はそのつもりだ。

「まずいぞ、まずいぞ～」

国王は頭を抱え、執務室の中を行ったり来たりしている。

「騎士団長を早く決めて、有事に備えなくてはならないのに!!」

「あの……父上」

「なんだダリウス」

「…………。本当は内緒にしておこうと思ってたんですが——」

（は？　エイジャクスがレジーナを？）

ダリウスの報告を聞き、国王はあんぐりと口を開けて固まった。

「エイジャクス隊長！　いいかげん近衛宿舎に戻ったらどうです」

エルダは呆れたように元近衛隊長に、差し入れのサンドイッチを手渡した。

「俺はもう隊長ではない」

エイジャクスは藁《わら》の山の上で、のっそり身体を起こす。

騎士の演習場の横にある厩。主に軍馬を管理しているその厩にエイジャクスは無断で住み着いているのだ。もう近衛ではないので宿舎には住めないからと、厩で寝起きしている。馬にとってはいい迷惑だ。

「陛下が、『辞表はなかったことにしてやるから戻ってこい』と仰せです」

「別になかったことにしてもらわなくていい」

「意地張ってないでもう～！　戻ればいいじゃないですか」

「意地など張っていない」

エイジャクスは意地を張っているわけではなかった。隣国との縁談がなくなったレジーナ王女はおそらく国内の高位貴族に降嫁するだろう。そうなった場合、国家公務員である騎士を婚家に連れていくことはできない。だからエイジャクスは国家公務員を辞めてフリーランスになるつもりなのだ。どこまでもレジーナについていくと心に決めている。あわよくばレジーナの嫁ぎ先で雇ってもらおうと目論んでいるのだ。

護衛の職がなくても、御者や馬番ならなんとかなるかもしれない。そう考えたエイジャクスはちゃっかり王宮内の厩で馬の世話の練習をしているのだった。

エイジャクスがせっせと馬にブラシをかけていると、馬小屋の外から話し声が聞こえてきた。

（あれは……近衛で俺の下にいたカークとアランじゃないか）

「おいアラン、聞いたか？　レジーナ様が国内の貴族に降嫁されるらしいぞ」

「ああ、聞いた聞いた。伯爵位以上の貴族から希望者を探すとか」

（………!!）

エイジャクスは思わず聞き耳を立てる。

「騎士でも団長なら伯爵と同等と見なすんだって……」

バターン!!

カークが言い終わらないうちに、エイジャクスは厩の戸を蹴り開けて、竜巻のような勢いで王宮に向かって走っていった。

「上出来だ。二人ともご協力ありがとう」

物陰から姿を現したバシリウス王太子がカークとアランを労う。

「……ダリウスから聞いた時は半信半疑だったけど……エイジャクスがまさかねぇ……道理で見合いに興味を示さなかったわけだ」

バシリウスはエイジャクスの背中を見送りながらニヤリと笑った。


「お父様、お呼びでしょうか」

レジーナ王女が国王に呼ばれてやってきた。

「レジーナ！　話がある。こちらへ」

「？」

国王はゴホンと咳払いをし、レジーナの顔を真っ直ぐ見て言った。

「レジーナ。この国の危機を救うために、お前に嫁いでもらいたい相手がいる」

レジーナは少しショックを受けた。こんなにも早く次の嫁ぎ先が決まるとは。婚約破棄で精神的に参っているのに、ゆっくりさせてはもらえないのだ。

しかし、これも王女に生まれた宿命なのだろう。腹を括らなければ。

「はい。この身がカロニア王国の役に立てるのであれば喜んで嫁ぎましょう」

国王は娘の返答を受けて、満足そうに頷く。

その時、廊下から何やら大きな足音が近づいてきて――。

「早いな」

国王は堪えきれずにククっと笑った。

ドンドンとドアが乱暴にノックされたかと思うと、国王の返事を待たずにエイジャクスが勢いよく転がり込んできた。

「陛下っ！　レ、レジーナ様を私に下さい!!　……あ、順番を間違えました。えっと……騎士団長でもなんでもやります！　ので……」

(えっ………？)

レジーナはびっくりした。

「エイジャクス……全くお前という奴は」

国王がため息をつき、なんとも言えない目でエイジャクスを見る。

「国王としては不敬罪でお前を投獄したいくらいだが………レジーナの父親としてはちょっと嬉しいぞ。な？　レジーナ」

「っ……!!!　レジーナ様？」

その場にレジーナがいることに初めて気がついたエイジャクスが驚いて固まり、顔がみるみるうちに真っ赤に染まる。

レジーナもつられて顔が赤くなってしまう。先日エイジャクスが泣きながらネバンドリアの王太子に抗議してくれた様子を思い出したのだ。

モジモジする二人を見て国王がフッと微笑み、そして大きく息を吸うと、声高らかに宣言する。

「エイジャクス騎士団長――！　そなたへのカロニア王国第一王女の降嫁を認める。今後我が娘を妻として、慈しみ守り抜いてくれることを切に願う」

国王の声が響くとエイジャクスは跪き、胸に片手を当て頭を下げた。

「こ、この命に代えましても、必ずや守り抜くことを誓います」

涙でぼやけていく視界の中で、新騎士団長の宣言はレジーナの胸に強く響いた。

（私の婚姻は政治なんだとずっと思ってきたのだけれど……）

――こんなにも強く自分を望んでくれる男性がいるなんて思いもしなかった。

――こんな熱いプロポーズを受けることなんて一生ないと思ってた。

レジーナの涙にエイジャクスが狼狽《うろた》え、どうしたらいいのかわからず心配そうにオロオロする。

（エイジャクスめ、気が利かないな。そこは抱きしめるところだろ）

と国王は思ったが、黙って部屋を出ていった。

ふと視線を感じたレジーナが顔を上げると、目に飛び込んできたのは主人を心配する犬のような表情のエイジャクス。

「ふふっ」

思わず笑いが込み上げ、微笑みながらエイジャクスに手を差し出した。

「エイジャクス。末長くよろしくお願い……ね？」

「は、はいっ!!」

エイジャクスは顔を真っ赤にして、両手で恭しくレジーナ王女の手を握ったのであった。

翌日、エイジャクスは早速ネバンドリアとの国境に軍を率いて向かった。戦をしに行くのではない。戦争にならないように国境で睨みを利かせるために赴くのである。レジーナ王女が暮らすこのカロニア王国を決して戦場などにはするものかと固く誓って。

身に纏うのはこれまでの近衛の白い騎士服ではなく、飾りのない真っ黒な戦闘用の騎士服だ。階級が上がるほど上着の丈が長くなる。団長であるエイジャクスの上着は膝下のロング丈だ。

真っ黒な騎士服に真っ黒な髪。騎士団長の衣装はエイジャクスによく似合った。エイジャクスの黄金色の瞳が際立つ衣装だ。魔王による、魔王のための、魔王らしい衣装である。

「まあ！　とてもよく似合うわ！　カッコイイ！」

出発時に見送ってくれたレジーナにも褒められ、エイジャクスはご機嫌だ。浮かれすぎて、国境付近でも「はーっはっはっはー！」と高笑いを連発し、ネバンドリア側の兵士を震え上がらせ、戦意を喪失させたことは言うまでもない。

程なくして、ネバンドリア国内でちょっとしたクーデターが起こり、国王が失脚する。新しく即位したのはマクシミリアンの姉である王女。ネバンドリアは女王が治める国となった。ちなみにこの新しい女王はワンシーズンに一回程度、お忍びでやってきて、カルマン百貨店などで大量に洋服を買っていく『カロニア通』である。

クーデターのお陰で、両国の国民はレジーナ王女とマクシミリアン王太子の婚約が破棄されたことにすんなり納得した。王太子でなくなった元王子に大国の王女が嫁ぐはずがないからだ。

「皆様、お世話になりました」

マクシミリアン王太子とその恋人はネバンドリアに帰ることとなった。しかし、王族籍は放棄し、平民として生きるそうだ。

別れ際にダリウスが、

「お二人ともどうぞお幸せに。あなたの占いは素晴らしいので、きっと祖国に戻られてもご活躍されることでしょう」

と言ったら、占い師の彼女は決まり悪そうに白状した。

「すみマセン。あの占いインチキなんデス」

「え……でも、本当にぴたりと僕の状況を言い当てていましたよ」

「占ったのではナイ、人の動作や話し方の癖から性格を判断スル、ソシテ、行動を予測しただダケ」

と、種明かしをした。そしてダリウスをまじまじと見つめて、最後に一言アドバイスを残した。

「殿下は……大変素直でイラッシャルノデ……他人の言葉をそのまま鵜呑《うの》みにセズ、必ず事実確認をスルしたほうがイイ思いマス」

「はぁ……そうですか」

カロニア王国の王族一家に見送られ、ネバンドリアの元王太子は帰っていき、今回の婚約破棄騒動は一件落着した。

そして、インチキ占い師のこの時のアドバイスを真面目に聞かなかったことを、ダリウスは後に後悔することになる――。


「まさか魔王とレジーナ様が婚約するとはな」

近衛宿舎の食堂で朝食のオートミールを頬張りながらカークが言った。アランは鶏胸肉のハニーマスタードソースのサンドイッチにかぶりつく。マッチョなアランは鶏の胸肉が大好物なのだ。

「なんてったって騎士団長だもんな。その身分に相応しい嫁が欲しくなったんだろう」

……実際は逆で、王女を手に入れたいがために渋々騎士団長になったというのが正しいところなのだが。

「エルダより条件のいい王女に乗り換えたってわけ……か」

「だな。エルダも可哀想に……捨てられちまって」

「しっ！　エルダが来たぞ」

エルダは一人で席に着き、スープとパンをだるそうに口に運んだ。あまり食欲はないが、騎士は身体が資本。自分の健康管理も仕事のうちだから頑張って食べる。

「うわー。振られ女の顔してるな」

「うん。少し前までの輝きが失われているな。痛々しい……」

カークとアランは憐れむような視線を送る。悲壮感漂う今のエルダには気軽に声をかけられない。

カークたちの見解はほぼ合っている。エルダが失恋の痛手から立ち直れないでいたことは事実だ。しかしカークたちはある重要な一点において、大きく思い違いをしていた。エルダの失恋相手はダリウス王子であって、魔王ではない。

朝食の後、エルダは国王陛下に呼ばれ、執務室へ赴いた。

「お呼びでしょうか」

「ああ。緊張しなくていい。楽にしなさい」

国王夫妻とバシリウス王太子、そしてレジーナ王女が揃ってエルダを迎える。

「この度のネバンドリアとの騒動ではレジーナをそばで支えてくれたこと、感謝する」

「今後のことなんだが……お前の希望通り、ダリウスの護衛から外し、再びレジーナの護衛を務めてもらおうと思う。それでいいな？」

「はい。ありがとうございます」

エルダはホッとする。ダリウス王子と執務室で二人で過ごすのはとても無理だから。

「それと……」国王が少し決まり悪そうに続ける。

「ダリウスに、お前が令嬢のふりをしていたことがバレた」

「え？」

「そうなのよ。どうやって知ったのかはわからないけど、あなたと夜会の令嬢が同一人物だと気づいたらしいの」

王妃はレジーナ王女が隣国に旅立った日に、ダリウスがすごい剣幕でその事実を確認しにやってきたことを話した。

「一応、脅迫状の件があったから、護衛として潜伏させるための極秘ミッションだった、とだけ説明しておいたわ」

なんてことだ！　とエルダは思った。

（もう絶対ダリウス殿下と顔を合わせられない!!）

エルリアーナとの惚気《のろけ》話を語っていた相手が、本人だったと知ってダリウスはどう思っただろう。そして一目惚れした令嬢の正体が、男の子みたいな薄汚れた騎士だと知った時はどんなにか恥ずかしい気持ちだっただろう。自分とのことはダリウス殿下にとっては黒歴史でしかないはず。好きな相手……フィービー伯爵令嬢に知られたら、キラキラ王子のメンツ丸潰れだ。

（騙していた私のこと恨んでいるかな……。怒るよね、普通）

（でも、バレる前に私を振ったことで、少しは体面が保たれたのかな）

「ごめんなさいね……私たちも……まさかダリウスが心変わりするとは思わなくて。残念だわ」

王妃は決まり悪そうにエルダに言った。

「いえ、元々殿下が他にお相手を見つけるまで、の任務でした。だから……無事任務を遂行できてホッとしています」

わざとビシッと騎士らしく『気をつけ』の姿勢で答えた。単なる任務であったことを強調するかのように。

レジーナ王女は今ひとつ腑《ふ》に落ちないものを感じていた。——ネバンドリアの王太子が現れたため、わからずじまいになってしまったけど。ダリウスはあの時、なんのために自分たちを追ってきたのか。なんのためにエイジャクスに勝負を挑んだのか。いくら考えてもわからないのだが、何かがおかしい………。


それからというもの、エルダはなるべくダリウスと顔を合わせないように気をつけた。王宮内でダリウスがよく通る場所を意図的に避けて行動する。

令嬢のふりは終了したので、もうエルダが夜会に出ることはない。お陰で、ダリウスとフィービー伯爵令嬢が仲良くしている姿を見ずにすむのは有難かった。きっと二人は夜会で仲を深めているに違いないから。以前自分と語り合ったあのバルコニーで…………。

（いけない……考えないようにしよう）

エルダは頭を振って、余計な考えを追い出す。思い出してはいけない。辛くなるだけだ。


その日、エルダが仕事を終え戻ると、近衛宿舎の前に誰かが立っていた。薄暗くて見えないが同僚の誰かだろうと、そのまま気にせず宿舎の入口目指して進むと、

「エルダ」

待ち伏せしていたダリウスに声をかけられた。

しまった！　会いたくなかったが、時すでに遅し。かくなる上は平静を装うしかない。

「ダリウス殿下。お久しぶりです。どなたかにご用でしょうか」

「……君と話がしたくて、待っていた」

「………………」

会うと辛いから会いたくないはずなのに、ダリウスの顔を見るとどうしようもないくらい心が浮き立ち、心のどこかで本当は会いたいと思っていたことに気づかされてしまう。

「エルダは……エルリアーナだったんだな」

（やはりそのことか……）

「申し訳ありません。殿下を騙していたことお詫《わ》びします」

「え……いや。そのことはいいんだ……話したいのはそのことじゃなくて」

「……?」

ダリウスは少し迷ってから言いにくそうに口を開いた。

「君の好きな男《エイジャクス》は別の女性と結婚する」

「!!」

エルダは頭を殴られたような衝撃を受けた。

(ダリウス殿下……フィービー嬢と結婚を決意されたんだ……)

声が震え、言葉が出ない。エルダは唇を嚙み締める。

「……だから、その……君も彼のことは諦めて……別の男のことを検討してみてはくれないだろうか」

(エイジャクスは姉上と結婚するんだ。だから諦めて僕のことを考えてくれないか)

ダリウスの真意など知る由もないエルダは、ダリウスのことを諦めろと言われたのだと受け取った。

「わかってます……ちゃんと諦めます。心配なさらなくとも、別に付き纏ったりしませんから!!」

「あの……それで、これを君に……と思って」

ビロードの薄い箱を取り出し、おずおずと差し出す。

それは以前エルリアーナに贈るために作らせたダイヤとオパールのネックレスだった。

バルコニーでエルリアーナに受け取りを拒否されたあのネックレスだ。

「それは……。私は……貴族の令嬢ではありません。そんな高価な宝石を頂く身分では……」

「エルリアーナにではなく、エルダに改めて贈りたい。君にもらってほしいんだ」

エルダの胸に苦いものが込み上げる。

（自分は別の人と結婚することになったから諦めてくれ、その代わりにこの宝石を手切れ金代わりにやるから……そういうことなの？）

堪えきれずに、エルダは涙をこぼした。

「だっ、大丈夫です。これまでのことは絶対誰にも言いませんから。……で、でも他の男性を薦めるのは……やめてくれませんか」

「エルダ」

自分が勝手に想うことすら迷惑だと言われたような気がして、エルダは悲しかった。諦めるつもりではいるが、今すぐにというのは無理な話だ。

「は……初恋だったんです。キスも……は、初めてで。今は……他の人なんか……考えられません……もう私は恋なんて……したくないんです」

ダリウスは目の前で涙をこぼすエルダを愕然と見つめる。

（そんなにエイジャクスが好きなのか。僕が入り込む余地などないほどに……）

（エイジャクスとのファーストキスが忘れられない……僕のキスなんか……興味ないんだね……）

嫉妬で心がジリジリする。

「すみません……あの……私もう行きますね。さ、さようなら」

「すまなかった……君を泣かせるつもりはなかったんだけど……」

エルダが顔を覆って宿舎の中に駆け込んでいく。すれ違い様に彼女から漂う、懐かしい甘い香りにダリウスの胸がぎゅっと締めつけられる。ダリウスは項垂れ、ネックレスの箱を強く握り締めた。

✦

レジーナ王女と婚約が決まったエイジャクスは今後のことを話し合うために国王夫妻に呼ばれた。今後のこと、というのは結婚式をいつにするのか、新居はどこにするのかといったこと。

エイジャクスに嫁いだらレジーナの身分は王女ではなくなる。王宮を出て、外に屋敷を構え騎士団長夫人として暮らすことになる。

……はずだったのだが。

「なんだって？　貯金がゼロ？」

エイジャクスの返答に国王は驚いて目を見開いた。

「はい……」

エイジャクスは叱られた子供のように肩をすくめる。

「そんなはずないだろう。近衛は高給取りだし、お前はそれに加え頻繁に戦闘部隊の助っ人に出向いていたではないか。特別手当が出ているはずだ」

危険が伴う騎士の給料は高給である。エイジャクスほどの騎士であれば、ちょっとした宮廷貴族くらいの財産があるはずなのだ。

「近衛は制服支給ですし、住まいは宿舎で食堂も完備だったので……」

エイジャクスがゴニョゴニョ言い訳する。

(こいつに身内はいないはずだし……ギャンブル癖か？　まさか女？)

「……全額孤児院に寄付しました」

「は？　全額？　嘘だろう……」

「まあエイジャクス！　あなたの慈悲深い施しの心に感動したわ」

「レジーナ様……」

国王は啞然として、目の前で無邪気に喜ぶ娘と、その横で嬉しそうに照れている極悪な面構えの騎士団長を眺めた。

「まあいい……騎士団長になると年俸もだいぶ変わるから、これから少しずつ貯蓄するようにしなさい。結婚はある程度蓄えができて屋敷が買えるようになってからだな」

「「えー！」」

国王の提案に婚約中の二人は異を唱える。

「お父様！　そんなことをしていたら私はどんどん歳をとってしまいますわ！」

「陛下！　一つ屋根の下で暮らせないのであれば……私は騎士団長を辞め、再び近衛として日中はレジーナ様の護衛に……」

「お前たちやめないか‼」

国王は呆れて頭痛がした。

（エイジャクスの奴め、騎士団長の仕事をなんだと思っているのだ）

エイジャクスに騎士団長を辞められては困る。

「仕方ない。蓄えができるまで、お前たちは王宮にある離宮のどれかに住みなさい」

王宮内には大小様々な離宮がある。どこでも好きな離宮を選ぶようにと国王が言うと、レジーナとエイジャクスは間髪入れず同時に答えた。

「「向日葵宮を‼」」

「向日葵宮？　あんな質素で小さい宮殿を？」

「「はい！」」

そして二人は顔を見合わせて嬉しそうに微笑み合った。王妃はその様子を見て、レジーナとエイジャクス二人だけしか知らない理由があるのだろうと理解し、娘の幸せそうな笑顔に目頭を熱くしたのであった。

レジーナとエイジャクスが王宮内の離宮に住むと知って、誰よりも喜んだのは王太子の

婚約者のラナだ。レジーナとは幼馴染で大親友でもあるラナは、これからもずっとレジーナと一緒にいられるのが嬉しくてたまらない。

「嬉しいわレジーナ。これからもずっと一緒にお茶会ができるわね」

ラナはレジーナと王宮の温室でお茶を飲みながら嬉しそうに言った。

「うふふ。そうね。でも今後は主催者は王太子妃のあなたよ。私は呼ばれる側になるわ」

「エルダも今まで通り参加できるわね！　私たち三人義姉妹に……」

横に立っているエルダに向かって言いかけてラナはハッと口をつぐんだ。エルダとダリウスが結ばれていれば三人とも義姉妹になれたのだが……。

エルダは少し困ったように眉を下げる。

「……ダリウス殿下、ご結婚されるそうですね」

ガチャン！

レジーナとラナが同時にティーカップをソーサーに置いた。

「嘘！　本当に？」

「私は聞いてないわよ!!」

「殿下本人からお聞きしましたけど……」

（そして自分のことは諦めろと言われた……）

レジーナはしょんぼりと肩を落とすエルダが可哀想で、もらい泣きしそうだった。

（ダリウスったら……エルダのこと運命の女性だとか言ってたくせに。呆れたわ）

ダンッ!!

ラナがテーブルを叩いた。瞳が怒りで燃えている。ラナは導火線が短いのだ。

「レジーナ……その娘に会わせて」

「ラナ？」

「ダリウスのお相手よ。私たちと義姉妹になるわけでしょ、その子。この目で見極めてやろうじゃないの」

（可愛いエルリアーナを振ってまで選んだ令嬢とやらがどれほどのものか見極めてやる！）

エルダを可愛がっていたラナはギリギリと歯軋りをする。

（もし私が納得できないような子だったら……絶対にお茶会のメンバーには入れてやらないんだから!!）

こうして何も知らないフィービー伯爵令嬢はレジーナのお茶会に呼ばれることとなったのであった。


静かな執務室に書類をめくる音だけが響く。ダリウスは、マホガニーの大きな机に向かって黙々と仕事に励んでいた。

第二王子の執務室は全体が柔らかな若草色とベージュでまとめられている。机とお揃いの大きな本棚に所狭しと並ぶ古い本や書類。その横には若草色の応接セットと寄せ木細工のサイドテーブル。

足りないものはないはずなのに。何かが欠けている。

――ああ、そうか。

窓際の隅に立ち、筋トレをする可愛らしい護衛騎士がいないのだ。

ドアがノックされ、清掃担当のメイドが花を入れ替えた花瓶を持ってくる。応接セットのテーブルの真ん中に置くと、黙って出ていった。

ガラスの花瓶に無造作にいけられたピンクのマーガレット。それが加わっただけで部屋がぱあっと明るくなったのがわかる。

その花は否応なしにダリウスに最愛の人を思い出させた。初めて花束を贈った時に見せてくれた弾《はじ》けるような笑顔が瞼《まぶた》に浮かぶ。

「エルダに会いたい――」

机に肘をついて、組んだ両手に顔を埋めて呟いた。会えない時でさえ自分の心を占めているのは彼女の笑顔。遠目にでもいいから会いたいのに不思議なほど見かけないのはなぜだろう。

再びドアがノックされ、今度は護衛のアランが顔を覗かせた。

「殿下！　レジーナ王女から伝言です。至急お越し下さいとのことです」

「わかった、ありがとう。……なあ、アラン……」

「はい？」

「エルダは……元気にしてるかい？」

「あー、エルダですか。正直元気ではないですね」

アランは少し困った顔をして答えた。

「食欲もないらしくて、暗い顔してます。あの大飯食らいがですよ、信じられます？　いつまで魔王のこと引きずってるんだ……って感じです」

（まだエイジャクスが忘れられないのか……はぁ～……）

再び執務室に一人になったダリウスは失意で机に突っ伏した。

エルダにそこまでの印象を残すとは、エイジャクスは一体彼女に何をしたのだろう。想像しただけで、嫉妬で頭がおかしくなりそうだ。

ダリウスは涙目で、そばにあったクマのぬいぐるみを摑み抱きしめる。

「クマちゃん……助けて。もう苦しくて死にそう……」

しばらくクマを抱きしめていたダリウスは、レジーナに呼ばれていたことを思い出し、クマを机の端に載せると、ノロノロと立ち上がり、部屋を出ていった。

すると……執務室のドアが閉められた衝撃でクマのぬいぐるみがグラっと倒れ――

机の横にあったくずカゴに、ボスン！　と頭から突っ込んだ。


トントン。カチャ……

先ほど花瓶を持ってきたメイドがハタキと雑巾を持って入ってくる。テキパキと掃除をし、次にくずカゴの中身を空けようとした。

「あら」

くずカゴにぬいぐるみが突っ込まれているではないか。メイドは脚を引っぱってぬいぐるみをくずカゴから取り出した。汚れてあちこちほつれている上に、ちっちゃな騎士服にはインクのシミまでついている。

「汚い……」

メイドは顔を顰め、それをゴミと判断した。そして指先でつまむと他のゴミと一緒に、廊下に置いてある大きな木箱にぶち込んだ。

各部屋のゴミをまとめるための木箱にはハンドルと車輪がついている。これで庭の片隅にある焼却炉まで運び、燃やすのだ。

掃除を終え執務室を出たメイドは廊下の木箱をガラガラと押して外へ出す。そして次の部屋の掃除に戻っていった。

『今から一時間後に中庭でお茶会をするからあなたも顔を出しなさい。フィービー伯爵令嬢を呼んだのよ』

レジーナからそう言われたダリウスは二つ返事で了承した。姉がフィービー伯爵令嬢と面識があったとは知らなかったが……正直どうでもいい。それより、レジーナの護衛はエルダなのだ。エルダも同席するのではないだろうか。話はできなくても、姿を拝めると思うだけで心が弾む。会いたい。一目でいいから会いたいのだ。

（急いで服を着替えなくては――）

自分が一番カッコ良く見える服はどれだったかな、などと考えながら執務室の扉を開けたダリウスは机の上の異変に気づく。

（なんか机の上が広いような……？）

「…………っ……！　クマちゃんっ？」

執務室に第二王子の悲鳴が響き渡った。悲鳴を聞きつけたアランが急いでドアを開ける。

「殿下！　どうしましたかっ」

「アラン大変だ!!　僕のクマちゃんが何者かにさらわれた！」

「は？　えーと、あの汚いぬいぐるみですか？　そんなわけないでしょう」

「だっていなくなったんだよ！　僕が姉上のところに行ってる間にこの部屋に入った者はいる？」

「掃除のメイドだけですね」

「おい君！　僕の部屋のぬいぐるみを持っていかなかったかい？」

「はい、くずカゴに入っていたので、他のゴミと一緒に木箱に回収しましたけど」

メイドの返答を聞くや否やダリウスは一目散に走り出した。裏口を出ると、果たしてそこには八台の木箱が並んでいた。ダリウスはその一つ一つを掻《か》き回しながら探すも、クマちゃんの姿はない。

木箱にないとなると……。急いで、焼却炉に向かう。焼却炉は王宮の一番隅っこにある。煙が出るため、周りには何もない寂しいエリアにあり、王族は滅多に立ち入らない。

焼却炉を管理している使用人に確認したところ、今日はまだ燃やしていないとのこと。

ダリウスはホッと胸を撫で下ろし、今日の焼却作業は一旦停止するよう命じた。

（おかしいな。もしかして誰かが持っていったのかな。使用人の子供あたりか……）

王宮に戻って使用人に聞いてみよう……そんなことを考えながらダリウス王子は来た道を戻り始めた。

✦

「エルダ、一時間後に中庭でお茶会するから来てね」

レジーナ王女に声をかけられ、エルダは頷いた。

久しぶりのお茶会。お芝居ごっこで男性役をやって、令嬢たちと盛り上がっていたのがなんだか遠い昔のことのようだ。

あの時の自分はまだ恋を知らなくて。令嬢たちが憧れのシチュエーションをエルダに演じさせ、頬を染めているのを不思議な気持ちで見ていたのだが……。まさか似たようなことを令嬢役でリアルに体験することになろうとは。

実際の恋はお芝居ごっこの何倍も甘くて。そして……お芝居ごっこの何倍も切なく、苦しかった。

（いけない。気を抜くとつい思い出しちゃう。忘れないと）

エルダは両手で頬を叩いて、気合を入れる。そしてお茶会のテーブルを運ぶのを手伝うため、中庭に向かった。

使用人専用の裏口を出て、ゴミの入った木箱の横を通る。……と、視界の隅に毛玉のようなものを捉え、エルダは足を止めた。

ゴミと共に木箱の中にいたそれは――

――騎士の服を着た、薄汚れたクマのぬいぐるみだった。

「クマちゃんが……ゴミ箱に……」

信じられない思いでクマちゃんを見た時、ふと騎士服を着たクマの姿が自分と重なった。

エルダは咄嗟に手を伸ばし、そのクマを掴むと、胸に抱きしめ一目散に走り出した。

悲しくて悲しくて……胸が潰れそうだ。あんまりではないか。とっても可愛がっていたはずのこの子。キスの練習までしていたこの子は……ダリウス殿下にとってはもはや『ゴミ』に過ぎないのだ。

ピカピカの綺麗な貴族の令嬢と結婚するから？　騎士服を着たボロボロの子などもう要らないというのか。視界に入れるのさえ嫌なのか。

人のいない鬱蒼《うっそう》とした日陰のエリアまで来ると、走り疲れたエルダは足を止めた。

そして抱きしめたクマに顔を埋めて号泣した。

こんなふうに捨てるなら、最初から優しくしないでほしかった……。

ボサボサの髪の毛と荒れた肌……このクマはまるで自分自身だ。

気まずそうにキスを避け、顔を背けたダリウス殿下。心の中には別の女性がいると認めた殿下。

──お前なんかもう要らない、そう言われたような気がした。

「私たち……捨てられた者同士だね」

エルダがポツリと呟いた時──

「ク、クマちゃんっ？」

焦った声がして、ガサリと茂みの間から第二王子が現れた。

✦

「レジーナ様、本日はお招きありがとうございます」

フィービー伯爵令嬢は緊張した面持ちで、レジーナ王女に挨拶をする。

自分がなぜ王女のお茶会に呼ばれたのかわからず、フィービーは戸惑っていた。他のメンバーは皆王族と縁戚関係にある者ばかりだからだ。残念ながらフィービーの実家の伯爵家は何代遡っても王族の血縁者はいない。

でも、会場を一目見た途端、不安など吹っ飛んでしまった。

（わぁ……素敵!!）

白いクロスが掛かったテーブルに並ぶ黄色いミモザ柄のティーカップはレジーナ自身がデザインして作らせたもの。ポットやカトラリーは王室のロゴ入りのシルバーだ。三段プレートに並ぶのは季節のフルーツをふんだんに使った一口サイズのスイーツたち。色取り取りに光り輝く様は宝石さながらだ。真ん中の段のプレートには甘くない食べ物も並ぶ。塩味のパイ生地スティックやキュウリとクリームチーズのサンドイッチなどだ。

そして集まった令嬢たちのセンスと気品溢れる様子といったら！　くだらないマウントの取り合いや見栄の張り合いなどない、余裕のある令嬢たちばかり。

（はぁ……こういうのを本物の淑女というのね……）

フィービーは感動した。さすがはカロニア王国令嬢カーストの頂点に君臨するグループである。なぜ自分が呼ばれたのかはわからないが、戸惑いよりも好奇心が勝った。

せっかくの機会だ、真の令嬢のエレガンスのなんたるかをじっくり学んで帰ろう。今日はなるべく隅っこで観察に徹していよう……。

しかしフィービーのその目論みはお茶会開始から一〇秒で崩れ去ることとなる。

「皆様、ご紹介するわ。こちらフィービー伯爵令嬢……ダリウスと婚約を予定しているの」

レジーナがにこやかに口を開いた。

「…………はい？」

「今日は二人の馴れ初めをじっくり聞かせてちょうだいね」

ラナがにっこりフィービーに微笑みかけるも、その目は笑っていない。フィービーも猛獣系だが、ラナはその遥か上を行く『百獣の王』クラスの威圧感である。

その瞬間、フィービーは自分がなぜ呼ばれたのかを察した。お茶会に招待されるための条件は王族と縁戚関係にあたる者、もしくは…………

……縁戚関係になる予定の者だったのだ。

「っクマちゃん？　……え、なぜ君が」

「ダリウス殿下？」

クマちゃんを捜しにやってきたら、エルダに遭遇した。腕にクマちゃんを抱いているエルダに。

大きな木が鬱蒼と茂っているこのエリアは、昼間でも薄暗い。木には所々苔《こけ》が生えており、日陰を好む花が静かに咲いている。

「殿下。この子は私がもらい受けますので、ご心配なく」

「え、いや……その子は僕の……」

「振られた者同士、この子と二人で強く生きていきますから」

エルダはダリウスを睨んだ。

「殿下は……好きでなくなったら簡単に捨ててしまうんですね」

「え？」

「好きだって言ってたくせに……すぐに心変わりして……ゴミみたいに捨てて……」

「なんのこと？　僕は心変わりなんてしないし、好きになったものを簡単に捨てたことなんてない」

「嘘つき！　……す、捨てたじゃないですか、この子を……わ、私のことも」

謂《いわ》れのない言いがかりをつけられ、ダリウスは困惑する。

「むしろ僕を捨てたのは君のほうじゃないか……まあ、僕が二人の間で揺れていたのがいけないんだけど……」

「浮気者は嫌いです。……ファーストキスだったのに……」

ダリウスは『ファーストキス』という言葉に敏感に反応した。『ファーストキス』と『エイジャクス』は今のダリウスにとって二大地雷なのだ。地雷を踏まれ、ダリウスの嫉妬心が爆発する。

「……そんなにエイジャクスとのファーストキスが忘れられないの」

「へ？」

「僕だって……したし。他にもプレゼントとか、花束とか、焼き菓子だって頑張って食べたのに……それでもエイジャクスに敵わない？　二番目でもダメ？　あいつは姉上と結婚するんだから、妥協して僕にすることはできないわけ？」

「ちょ……ちょっと、あの……」

「僕のキス、下手かもしれないけど……それは練習次第で……僕、頑張るから……」

「ストーップ!!」

エルダの大声で、ダリウスが止まる。

「あの、話が全く見えないんですが。その前に気色悪いワードが出てきたので確認させていただいていいですか……『エイジャクスとのファーストキス』ってなんです？」

「いや、だって……したんでしょエイジャクスと」

「誰が」

「君が。ファーストキス」

「……い……」

「ん？」

「……いやあぁぁあ!!　気持ち悪いっっっ!!」

エルダが顔を顰めて絶叫した。

「え？」

「私と魔王がキス!?　そんなことあるわけないじゃないですか！」

「え？　でも……。え？」

ダリウスは胸の鼓動が加速するのを感じた。

（エルダとエイジャクスは……もしかして違うのか…？）

「ピンクのマーガレットの花束をもらった日……あの日の殿下とのキスが私のファーストキスです」

「僕が……ファーストキス……？」

「ついでに言うと、セカンドキスも殿下です。あのちょっと乱暴なキス……」

「でもあの時、エイジャクスに迫られてたよね？　だから僕カッとなって……」

「？　あの時は……レジーナ様が好きなことをバラしたら殺すって脅迫されただけですけど」

驚きと喜びと混乱と。そしてかすかな期待にダリウスの心は爆発寸前だ。

（僕が？　……ファーストキス。僕が。エルダの？）

エイジャクスとはなんでもなかったのか？　じゃあ……エルダの好きな人って…………

まさか…………嘘だろそんな夢みたいなことが…………

「エルダ!!　……キ、キスしたい。キスしていい？」

「ダメです。浮気者は嫌いだと言ったでしょう」

「で、でも……結果的に同一人物だったんだから、厳密には浮気とはカウントされないんじゃ……ないかと……思うんだけど」

「同一人物？　エルリアーナとフィービー嬢がですか？」

「ん？　フィービー嬢？」

「フィービー嬢とご結婚されるんですよね？」

エルダが寂しそうに言う。諦めたつもりでも、フィービーの名を聞く度、胸が痛む。

「えっ！　ちょっと待って!!　どこからフィービー嬢が出てきたの。僕はエルダとエルリアーナで迷っていたんだけど……」

「は？　エルダとエルリアーナって……」

「うん」

「私と………私……？」

エルダは耳を疑った。そんな馬鹿な話ってあるだろうか。

ダリウスは照れ臭そうに笑った。

「うん。エルリアーナに一目惚れしたのに、その後どんどんエルダのことが気になり出して……どちらか片方を選ばなきゃって思っても、どうしても両方好きで諦められなかった……」

「嘘です！　綺麗に着飾ったエルリアーナならまだしも、わ、私はこんな男の子みたいな格好で……なんで……そんなこと……」

ダリウスが手を伸ばし、エルダの小さな肩を両手で包む。

熱のこもったブルーグリーンの目で真っ直ぐにエルダの顔を覗き込み、ずっと言いたかった言葉を口にした。

「ドレス姿だろうが、騎士服だろうが、僕が好きなのは君だけだ。これまでも、これからも――」

そう言うと宝物のようにそっと抱きしめ、胸いっぱいに懐かしいエルダの香りを吸い込んだ。

エルダはまだ少し頭が混乱していたが、大好きなダリウスの腕の温もりに包まれたら、涙が止まらなくなってしまった。

二人は無言のまま、長いこと、放心したように抱き合っていた。だって、離れたら夢から覚めてしまいそうで怖かったのだ。

「信じられない……なんだか夢みたいだ」

(仮に夢だったとしても……もう絶対に離すものか)

そう心に誓うと、ダリウス王子は抱きしめる腕にぎゅっと力を込めた。

どのくらい経っただろうか。少し気持ちが落ち着いた二人はポツリポツリと語り出した。

もちろん、抱き合ったまま。

「……では、フィービー嬢のことを好きなわけではないんですね?」

「当たり前だよ!! もう～誰がそんなデマを。君こそエイジャクスのことが好きっていうのは嘘なんだね?」

「勘弁して下さい! 私にだって好みってものがあります。もう誰がそんなデタラメを!!」

「だってカークとアランが……」

二人の声が重なった。

「…………」

「…………」

「……カークと……」

「……アラン？」

「僕はアランから君とエイジャクスが相思相愛だって聞いたよ。あとカークが君とエイジャクスがキスしたに違いないって……」

「私もカークから殿下がエルリアーナとフィービー嬢で迷っているって聞いて……あんのヤロウ!!」

エルダは激怒する。カークとアランのデマがどれだけ事態を混乱させたことか。

「殿下!!　ちょっと今からカークとアランをしばきに行きましょう!!」

「まあまあ」ダリウスはエルダを宥《なだ》め、髪を撫でる。

「それは後にしてさ、今は……ねえ、キスしていい？　もう……我慢できない」

そう言うとエルダの顎をくいっと持ち上げ唇を重ねた。

エルダは「でもカークとアランが……」と言って抵抗しようとしたが、二秒で陥落する。

「……んっ……」

「好きだよエルダ……好きだ……」

一度目のような短く余裕のないキスではなく。

二度目のような乱暴で荒々しいキスでもなく。
三度目のキスは、ゆっくりと溶かされるような、甘く優しいキスだった。
ダリウスは「クマちゃんで練習したのがやっと役に立った」と言って笑った。
そして、やっと想いが通じ合ったばかりの二人が一回のキスだけで終わるはずもなく、
何度も口づけを繰り返していると……

ガサササッと茂みが揺れて、毎度お騒がせなカークとアランが現れた。

エルダとダリウスが抱き合っているところをバッチリ目撃した二人の近衛は目を見開く。

しかし、なぜか顔を見合わせて無言で頷き、

「安心して下さい殿下。フィービー嬢には言いませんから」

アランが真剣な表情でダリウスに告げる。なぜか小声で。

「大丈夫。俺らほど不倫や二股に理解のある人間はいないぜ」

これまた無駄に理解を示すカークが、エルダに向かって、親指をぐっと立てた。

「お前ら～～!!　だから不倫じゃないし!!」

エルダが吠《ほ》える。その横でダリウスはぼんやりと、ネバンドリアのインチキ占い師に言われたことを思い出す。

『……他人の言葉をそのまま鵜呑みにセズ、必ず事実確認をスルしたほうがイイ思いマス』

（……あの占い師、本当にインチキだったのだろうか）

「いい加減にしろ!!　デマばかり流しやがって……名誉毀損だ!!」

王宮の庭の片隅にエルダの怒号とカーク・アランの悲鳴が響き渡ったのであった。

# エピローグ　赤髪の女騎士に贈るエール

今晩の夜会は第二王子の婚約者お披露目会。

「エルダ様、できましたよ。とってもお綺麗ですわ」

そう言ってブラシをドレッサーに置いた侍女は……フィービー伯爵令嬢。あれからフィービーは侍女として王宮に奉公に上がったのだ。

……といってもエルダの侍女ではない。いずれラナが王太子妃になった暁にはラナの専属になる予定だ。

手違いで招かれたお茶会で、フィービーはラナに気に入られた。猛獣同士、似たような匂いを感じ取ったのかもしれない。エルダのことが大好きという点においても気が合ったのだろう。

レジーナとエイジャクスはすでに簡単に挙式を済ませ、向日葵宮で新婚生活をスタートさせている。同じ敷地内に住んでいるため、レジーナはちょくちょくお茶を飲みに王宮にやってくる。娘を嫁がせた感じがしないが王妃は密かに喜んでいる。レジーナは毎日とても楽しそうで、生き生きとした表情をしているので、この結婚は正解だったのだなとみんな温かい気持ちで見守っている。

レジーナの降嫁に伴い、エルダの配属もレジーナの護衛から再びダリウスの護衛に戻った………のも束《つか》の間、なぜか突然国王命令で担当を外される。そして代わりに『就寝中の第二王子の護衛』という謎の任務を仰せつかり、首を捻るエルダとダリウス。

まさかその理由が執務室で仲良く筋トレをしていただけの二人の様子をドア越しに盗み聞きしたカークとアランが勘違いして「ヒュー！　昼間っから盛《さか》ってんなダリウス殿下」と吹聴したのが国王陛下の耳に入ったからだとは夢にも思っていなかった。

『夜間の護衛』という名目で同じ部屋で寝起きしていいから、体面を保つため昼間はやめようね、という末っ子に甘い国王夫妻の粋な計らいとは知らず、エルダは今日もダリウスの寝顔を見つめながら、ビシッと傍らに立って夜通し護衛の任務に励んでいる。

時たまダリウスの寝顔があまりにハンサムなので、誘惑に負けたエルダがこっそりキスをし、狸《たぬき》寝入りしていたダリウスが、嬉しさのあまり悶え死にそうになったりすることくらいはあるものの、周囲の心が汚れた大人たちが思っているような関係ではないことを付け加えておく。

エルダはダリウスと結婚した後も騎士を続ける予定である。それはもちろんエルダの希望でもあるが、それ以上にダリウスがドレスを着たエルダをなるべく人の目に触れさせたくないと騒いだせいでもある。なのでエルダは今でも普段はボサボサの髪で顔が隠れるような格好をしている。

「エルダ、支度はできたかい？」

ダリウスがエルダをエスコートするためやってきた。そして着飾ったエルダの姿を見ると、眩しそうに目を細める。

エルリアーナだった時は、いつも借り物のドレスだった上、髪の毛はウィッグだったため、エルダの本来の美しさを一〇〇パーセント表現しきれていなかったのだ。

赤い髪の毛先を巻き、ふわっと結い上げ、自分のためだけにあつらえたドレスを着たエルダは息を呑むほど美しかった。全身をこれでもかというほどブルーグリーンとゴールドで飾り立てられている。そうさせたのは言うまでもなく、彼女を溺愛している第二王子だ。

「感動だな。エルリアーナとエルダのいいとこ取りって感じだ」

今夜エルダが纏うのは以前ダリウスがエルリアーナ用に注文し、住所がわからず贈れなかったドレス。光沢のあるブルーグリーンの生地に所々金糸で刺繍が入っている。

首元で誇らしげに輝くのはダイヤとオパールのネックレス。何度も受け取りを拒否されたあの高級ネックレスだ。

その宝石の輝きに少しも引けを取らない、透明感のあるデコルテが眩しい。嬉しそうに顔を赤らめているダリウスの視線がチラッとエルダの豊かな胸の膨らみをかすめたのをフィービーは見逃さなかった。

鮮やかな真紅の髪を飾るのはブルーグリーンの髪飾り。以前、一緒に城下で買い物をしたあの髪飾りである。

「やはりこの髪飾りはエルリアーナの金髪より、エルダの赤い髪のほうが映えるな。あの時も本当はそう思ったんだ……」

「あの時私はエルリアーナに嫉妬してました……」

「そうなの？　でも僕は内心エルダにドキドキしてたよ」

ダリウスはたまらず、エルダのうなじにキスの雨を降らせる。

「ずっと君をこんなふうにブルーグリーンで着飾らせたかった」

ダリウスの呼吸がちょっと荒くなりかけたところで、フィービーがわざとらしく咳払いをした。絶妙なタイミング。優秀な侍女である。

ダリウスは照れ笑いをしてエルダの手を取った。

「そろそろ行こうか」

「はい」エルダがにっこり微笑んだ。

「うっ……」

エルダの愛らしい笑顔にやられたダリウスが、またしてもガバッと抱きつこうとしたところ、フィービーが素早く阻止する。阻止する動作も慣れたもの。二人の無限イチャつきループを断ち切るのも侍女の大事な仕事なのである。

フィービーに追い立てられるように出ていく二人を、キャビネットの上からクマのぬいぐるみが見送る。

薄汚れたボロボロのぬいぐるみは最近『クマちゃん』から『クマ様』に昇格した。一部の人の間では『クマ神様』とまで呼ばれている。『あのクマを持っていると両想いになれるらしい』そんな噂がまことしやかに囁かれるようになったのだ。噂の出どころは言うまでもない、カークとアランである。

『殿下は別の女性と結婚を考えていたのに、あのクマを捜しに出かけていったと思ったら、戻ってきた時にはクマを持っていたエルダの虜《とりこ》になっていたんだ』と言いふらしたのだ。

しかも『俺たちはちゃんとこの目で見た』と、伝聞ではないことを強調するように。

根も葉もない馬鹿げた噂である。実際、噂を聞きつけたメイドが数名、こっそりこのクマを手に取ってみたりしたが、何も起こらなかった。

でも――

『クマちゃん』はダリウスの重く激しい愛情をこれまで一身に受けてきた。

全身がボロボロになって薄汚れるまで、とことん愛された。

あんなに愛されたら……ちょっとくらいぬいぐるみに心が宿ったりはしないだろうか。

そしてずっと自分を愛してくれた可愛い王子が、ある日目に涙をためて、初めて自分に助けを求めた――

『クマちゃん……助けて。もう苦しくて死にそう……』

それを見て、なんとかしてあげたいと思ったりはしなかっただろうか。

クマちゃんがくずカゴに落っこちたのは果たして偶然なのか……それとも……。

やっと自分の後任を見つけたクマは、悠々自適の隠居生活に入る。これからは自分に代わって、エルダがダリウスの愛を受け止めてくれるのだから。

温厚そうな見た目に反して、第二王子の愛情は肉食獣のように激しいことをクマちゃんは身をもって知っている。おかげですっかりボロボロになってしまったけど、ダリウスに愛された日々は案外悪くはなかった。

だからきっとあの子も大丈夫――

クマちゃんは自分と同じような服を着た赤い髪の女騎士に心の中でそっとエールを送った。

殿下が一目惚れした令嬢の正体はあなたの護衛騎士です！／完

書き下ろしストーリー

# 令嬢エルダと騎士エルダ――攻防は続くよどこまでも

「またしても見合いを断られたか……」

アレス・ラゴシュは渋い顔をして、王都から届いた書簡をグシャリと握りつぶした。

王都で近衛騎士をしている妹のエルダの見合い話。お相手は大手百貨店の長男だったのだが、丁寧な断りの返事が返ってきたのだ。一度の顔合わせすら実現せずに。

「商家も駄目か。やはり軍人に嫁がせるしかないのだろうか」

それもこれも、妹が女性としては出来損ないだからだ。あんな男勝りな女性と結婚したい男がいるだろうか。

「このままではエルダは行き遅れてしまう……」

行き遅れどころか、一生独身かもしれない。それでは死んだ両親に申し訳が立たない。

（俺は親父とお袋にあいつを立派に育て上げると約束したんだ）

「ん？」

王都からもう一通手紙が届いていたことに気付く。

「噂をすれば」

妹のエルダからの手紙であった。

『王子妃に決まったので、見合いは不要。　　　エルダ』

「何が見合いは不要、だよ。偉そうに。先方から断られてるんだっつーの」

なるほど。妹は王子妃付きの護衛に任命されたのか。ついこの前までは王女付きだったはずだが、隣国にお輿入れすると聞いていたので、配属が変わったのだろう。

近衛の仕事にやりがいを感じているのか、見合い話を嫌がる妹。でも、騎士というのは身体を壊したら続けられない仕事であり、兄としては妹の将来が心配なのだ。

（もうこうなったら……無理やりにでも自分の部下と結婚させてしまおう）

そこで、アレスは部下の中から条件に合いそうな男を選定し、一人の人物に白羽の矢が立ったのである。

「じ、自分とエルダ嬢が夫婦にですか？」

尊敬する上官に呼ばれ、瞳を輝かせやって来たベッペと呼ばれるその男は、用件を聞くと眉を下げ鼻にしわを寄せ無言になってしまった。

「ああ。お前は現在、恋人はいないと聞いたのでな」

「おりませんが……しかし自分は結婚なんて、ずっと先でいいと思っていたので……」

ベッペが乗り気でないのは一目瞭然である。

「婚姻が成立した暁にはお前を第二隊三班の班長に抜擢してやる。な？」

騎士ではなく、一兵卒にすぎないベッペにとっては大抜擢だ。彼はラゴシュに来て間もない新人だから。

「もし断った場合は……どうなるんです？」

「その場合は……こんなこと言いたくはないが、別の部隊へ行ってもらうことになるかも」

「そ、そんな！」

古くからいる部下たち全員に「エルダを女性として見ることはできない」と断られたため、何も知らない新入りに半ば強引に押し付けるような形になってしまった。

こうして可哀想なベッペは上官の妹であるエルダに求婚しに王都に行くこととなったのだった。

「エルダ・ラゴシュ嬢と面会の約束をしています」

そう門衛に告げ、ベッペは生まれて初めて王宮の敷地内に足を踏み入れた。田舎しか知らない彼にとって、王都は何もかも華やかで洗練されている別世界だ。

「凄いなエルダ嬢……こんな場所で働いているなんて」

騎士団の演習所をめざし、手入れの行き届いた広い庭園を進む。

（結婚かぁー。正直全くピンとこないな）

結婚願望どころか、恋愛経験すらない。

『エルダは男みたいな女だぞ。いいのか？　お前そっち系が好みなの？』

……と、複数の先輩に心配されたが、自分の女性の好みがそもそもわからない。

エルダとは会ったことはないが、男勝りな女性だと聞く。騎士だし自分より軍の階級も上だが、変なプライドも野心もないベッペとしては結婚後は妻を応援しつつも自分はこれまで通りのんびり暮らしていくつもりだった。

――そう、この時までは。

ポキ！　ガサリ。

目の前の茂みが揺れたかと思うと、中から誰かが飛び出してきた。

ブルーグリーンのドレスを纏ったその人は、重力に逆らうかのようにフワリと高く舞い降りた。

(え？　人間なのか⁉)

詩的な語彙力を持たないベッペの正直な感想。

貴族風に翻訳するならば、おとぎ話の世界から抜け出した花の妖精、あるいは空から舞い降りた天使と言ったところだろうか。

ドキリ！　胸を剣で貫かれたような衝撃が走り、息ができなくなる。

「あれ？　もしかして迷子？」

その妖精はアメジストのように輝く瞳をベッペに向け、首をかしげた。

「…………………っ！」

顔がどんどん熱くなり、血が上っていくのがわかる。そのうち耳から血が噴き出すんじゃないだろうか。

（に、人間じゃない。人間のはずない。こんな……こんな美しい人が存在するはずない）

「その恰好は軍人だね。騎士団に用ならこのまま真っすぐだよ。じゃあね！」

ブルーグリーンの天使は凶暴なまでに愛らしい笑顔を残すと、風のように走り去っていった。

「王子妃さま（未来の）だ。今日も元気だな」

「王子妃さま（未来の）、いつ見ても可愛らしいわね」

笑顔で彼女を見守る王宮の人々。

（……あれが……王子妃さま………）

王子妃さま。そうだ、自分はその王子妃さまの護衛をしている女騎士に求婚するためにここに来たんだった。

「あ、あ……れ？」

ベッペは自分が涙を流していることに気付いた。

なんだろうこの気持ち。胸がキリキリと締め付けられる。

もはや一歩も進めなくなったベッペは、その場に立ち尽くし、止まらない涙を袖でぬぐった――。

「敬愛するアレス・ラゴシュ卿へ。誠に残念ながら、妹君とは結婚できなくなりました。

王都で出会ってしまったのです、自分の運命に。決して叶う事のない恋とはわかっていても心は止められません。自分の人生はあの方を守るためにあるのだと気づいたのです。なので、王都を守る騎士を目指すことに決めました。もうラゴシュへは帰りません。これまで受けた数々のご恩をこのような形で――はぁぁ!?』

アレス・ラゴシュは失意のあまり、机にガーンと額を打ち付けた。

「嘘だろ。またしても失敗……もう妹は……エルダは一生結婚できないんじゃないか」

そして自分が王都に行かせたせいで、コロリと魔性の女（？）に引っかかってしまったらしいベッペの行く末を案じた。

「もうー！　クソ兄貴ったらまた見合い話を！　今度は部下って……しつこいなぁ」

ダリウスの膝の上で兄から届いた手紙を読んだエルダは不機嫌そうに舌打ちをした。

「レディが舌打ちなんていただけないな。そんな行儀が悪い口は塞がないとだね」

第二王子はいたずらっぽくブルーグリーンの瞳を光らせ、エルダの唇を自らの口で塞ぐ。

「むぐっ！　殿下の妃になるからもう見合いは不要だって手紙で連絡したんですよ。行き違っちゃったのかなぁ」

第二王子の妹への溺愛など知る由もないアレス・ラゴシュは、今日もせっせと異性にモテなさそうなエルダのために見合い相手を探す。やがて届く王家からの正式な書簡に彼が腰を抜かすのはもう少し先の話である。

MAG Garden NOVELS

# 殿下が一目惚れした令嬢の正体はあなたの護衛騎士です！

発行日　2023年5月25日 初版発行

著者 玉川玉子　イラスト Tsubasa.v



発行人　保坂嘉弘

発行所　株式会社マッグガーデン
〒102-8019 東京都千代田区五番町6-2
ホーマットホライゾンビル5F
編集 TEL：03-3515-3872　FAX：03-3262-5557
営業 TEL：03-3515-3871　FAX：03-3262-3436

印刷所　株式会社広済堂ネクスト

担当編集　須田房子（シュガーフォックス）

装　幀　木村慎二郎（BRiDGE）＋矢部政人

本書は、「小説家になろう」（https://syosetu.com/）作品に、加筆と修正を入れて書籍化したものです。



ISBN978-4-8000-1317-0 C0093　Printed in Japan

著者へのファンレター・感想等は〒102-8019（株）マッグガーデン気付
「玉川玉子先生」係、「Tsubasa.v先生」係までお送りください。